Emmanuelle Pagano

Les Adolescents troglodytes

Roman

P.O.L
33, rue Saint-André-des-Arts, Paris 6e

Ce livre d'hiver a été en grande partie écrit à la résidence d'écrivains des Feuilles d'Automne de Forges-les-Eaux. Son écriture a aussi été soutenue par une bourse de création de l'Agence Rhône-Alpes du Livre et de la Documentation et de la Direction régionale des Affaires culturelles.

ISBN : 978-2-84682-177-3
www.pol-editeur.fr

Je mets mes pas dans les traces de mon frère jusqu'à l'arrêt de la navette.

(Lola, hiver 2004-2005)

Jeudi 1er septembre

(pause)

Très vite comme d'habitude j'en ai eu marre, de la fête et de son vacarme. Je me suis éloignée discrètement, en prenant la petite route des éoliennes, puis un chemin à droite, dans les bois. J'ai fait pipi dans le sent-bon de l'humus. Je me suis assise sur une pierre fraîche et plate, reposante. La fête en sourdine jetait ses basses loin dans mon dos. Me pencher me donnait un petit mal de tête qui me faisait un bien fou. J'ai gratouillé la terre humide. J'ai trouvé un gland cassé un peu pourri, je l'ai mis dans ma poche avant de me frotter les mains. Mais à quoi ça me servait de les avoir décrassées puisque je me suis relevée bizarre, et que tout le temps de la marche, j'ai serré fort, jusqu'à l'écrabouiller, ce demi-gland gâté dans une paume moite. Je sais pourquoi j'étais bizarre, c'est parce que dans cette fête il y avait déjà quelque chose de la rentrée. L'écho du ball-trap me suivait, même au fond du bois, à cause du vent tournant. Et ramenées par le vent aussi, de grosses mouches fluo, vertes et désagréables, se mettaient dans ma nuque. Je marchais de plus en plus agacée. Sur mes joues une touffeur me gênait dans les clairières. Dans le bois au contraire, à l'ombre encore violacée par l'invasion des ancolies, j'avais cette impression récalcitrante d'avoir presque trop froid. Il n'y a pas de milieu sur le plateau, pas de printemps, que des écarts. Il fait chaud, et puis non, c'est l'été, mais l'hiver. La rentrée déjà.

C'est aujourd'hui je le sais bien, mais il y a deux semaines, pendant la fête des Pensées, à cause du vent et du tapage, j'avais déjà la tête à mes gamins, et j'en avais pas envie, non, pas encore.

J'ai retrouvé le goût d'eux juste ce matin, comme chaque année, en me levant très longtemps à l'avance pour aller chercher la navette au garage, et me préparer tranquille, à conduire lentement dans ma nuit, avant d'aller les prendre, un par un ou presque, au tout début de leur premier jour d'école.

Près du lac il y a un terre-plein où je peux me garer. Au bord un pommier. Les pommes pourries au sol passent sous les roues, s'y collent écrasées et molles. Je descends, j'en ramasse deux, mûres à point. Le jour se place, on y voit à peine, c'est bientôt l'heure, mais j'ai le temps de descendre. De cet espace, mon parking, on ne voit pas l'eau, mais le lac si, on voit bien que les arbres sont en creux, sont en vide au milieu. Les matins tôt le vide est plein de brumes. C'est le trou du lac, le lac, ma pause, ma mer, mon temps.

Je fais souvent cette pause entre mes trajets, avant, après.

On n'est pas vraiment en automne comme les pommes ne le savent pas, on est juste au début de septembre, le jour est encore matinal, mais la rentrée fait tomber des feuilles, ça tout le monde peut le voir, et mes chaussures sont tout humides d'aube sur ce parking au-dessus de la forêt qui entoure le lac.

Bientôt le jour se fera très en retard, et je ne verrai mes grands que dans leur nuit.

Je m'approche des arbres plus bas, de cette doline d'embrun ou de rien. Je prends le sentier, ce bout de ligne que j'ai tracé toute seule, à force de passer patiemment, ou sans attendre, nerveuse, l'envie d'arriver vite à travers les ramures et le poudrin. Il descend presque insensiblement, avec des griffes de branches, des froids humides, des odeurs d'eau, et certains jours des sons lointains de castors, comme à la rivière quand j'étais tout petit. Des frottements qui s'échappent à mes pas, à ma mémoire.

Au bout de mon chemin il y a un bouleau pleureur, long, vieux, courbe, et sous lui mon abri, ovale, étroit, mais confortable. Je m'assois mais le lac, bavant froid entre ses racines, tout gris ou noir, est si bruyant malgré le calme en moi, malgré nos solitudes.

Il n'est jamais tranquille ce lac, c'est un cratère de maar sourd, aveugle aussi, un trou gris, au ressac sonore millénaire. Moins il y voit, moins on y voit, plus il fait son bordel, caverneux.

Le lac de la ferme du fond, le lac artificiel, il est tellement plus silencieux.

Au sol de mon bouleau le lac fait son bruit, permanent, un bruit qui me prend souvent bien avant d'arriver. Il me guide dans le jour encore tout maigre. Un bruit bas et plein, comme si le volcan mort ne l'était pas vraiment.

Je jouais souvent à mourir, quand j'étais petit garçon, je voulais qu'on me pleure. Je me pleurais tout seul, souvent près d'un arbre, dessous ou dessus, comme aujourd'hui dans mon bouleau pleureur, cachée par ses branches fines.

Je mange une des pommes, assise dans mon arbre femelle, les hanches pleines d'eau. Je dis ça, mais je n'ai jamais regardé. Je n'ai jamais pris de fleur de bouleau dans mes doigts pour l'ouvrir et savoir, d'ailleurs je suis pas la seule, je me demande bien qui s'en préoccupe, du sexe des arbres. Je crois bien que le bouleau, c'est pas comme le saule, il a deux sexes, les fleurs femelles sont plus en haut, sur des rameaux élevés. Je lève les yeux, mais je ne vois rien, ce n'est ni la saison ni le moment. Je ne vois rien qu'une pluie de ramures ternes, je ne vois que du blanc presque bleu, du bleu pâle sale et plongé dans sa tourbière. Il est plus pleureur encore, plus courbe et traînant qu'un saule. J'écarte les ramilles qui m'empêchent de voir la vase à mes pieds. Un mouvement lourd nous borde, et très vite ce sont les vagues profondes. Le lac absorbe toute la lumière, ne renvoie rien, ni regard ni visage, ni jour ou nuage. Je lance mon trognon, et je ne vois pas, je ne devine même pas où il retombe. Mon bouleau est bleu comme tous les arbres autour du lac. Peu d'orangé, même en automne, à cause de la présence dominante, imposante, des conifères, pas de vert non plus en été à cause de la baille grise, presque noire, du volcan plein de vide d'eau. Pas de clarté ou si peu en hiver. Ici c'est mon espace bleu sombre. Les arbres ne sont pas traversés par les saisons, à peine noués par le temps et la flotte à force de décennies. Mon bouleau comme le reste est bleu, sali d'hématomes, sans feuilles en hiver il prend le marine des épicéas, sans âge il prend la forme de l'eau, des larmes, se redresse un peu, puis avec les feuilles glabres, douces, il se fait border de mousses outremer, mais le lac ne déborde que sur lui-même, et mon bouleau se lave au même endroit à l'eau, à l'air du lac, et moi je suis assise en dessous. À l'étroit. Ma pause.

Je m'arrête là, parce que j'ai besoin du lac et de l'ombre pour me souvenir, pleurnicher sur ma mémoire comme une vieille. La mémoire, il faut la laver et la remplir tous les jours.

Je me cachais, j'allais chercher les coins comme ça, petit garçon, pour trier mes émotions, et ma mère criait mon nom tout près sans me voir, sa voix s'épaississait avant de s'éloigner, revenir, repartir, et finir assez loin pour que je puisse me mettre enfin à penser.

Dans les bois, derrière la voix de ma mère, il y a des années, j'ai entendu une cloche tout près de ma cachette. Je me suis demandé ce qu'elle foutait là, cette vache, si loin des premiers prés. J'ai cherché un peu en écartant les arbustes. Mais je cherchais trop haut. Soudain je l'ai vue, allongée, sa masse écrasante, vautrée dans les feuilles humides et fragiles, et ces feuilles de les voir sortir de là, de son corps énorme en tas sur la terre gonflée d'eau, ça me faisait mal. Mais c'était la vache la plus douloureuse de nous. C'était pas une des nôtres, ni des autres, aucune de toutes les vaches que je connaissais, et j'en connaissais vraiment beaucoup, des dizaines. Elle était blanche, sale, et soufflante, pleine de crampes, bruyante. Elle a voulu se lever à cause de moi, mais j'ai su la calmer en posant ma main à côté de sa douleur. Appuyer juste ce qu'il faut. Les pieds tendus du veau dépassaient, contraints. La peau de la poche déchirée pendait vide. Trop tard, alors j'ai tiré comme un sourd (sourd à la voix encore présente de ma mère), avec toute ma force de gosse de huit ou neuf ans je sais plus pour l'aider à vider son veau mort. Il était énorme, comme lourd, trop gros, un veau de hanches solides, un veau de concours. Mes bras glissaient de sang et de boue, de feuilles molles mortes. Je ne suis pas arrivé à le sortir. J'ai voulu courir prévenir quelqu'un, mais non, je n'étais pas sûr d'avoir bien fait. Je n'ai prévenu personne, j'entendais à nouveau mon prénom dans la voix de ma mère et j'ai eu peur de me faire engueuler. Je suis revenu pas trop vite vers la ferme, en essayant de diluer l'émotion qui me tressait des frissons de partout. J'aurais pu chiper la vêleuse, mais je ne savais pas m'en servir et transporter ce truc immense, plus haut que moi, c'était pas possible. Je réfléchissais, je traînais.

Ma mère avait l'air ennuyée à cause des habits sales de forêt. Elle s'est agenouillée pour me dire je vais pas te gronder, j'aime bien quand tu joues dans les bois, mais fais attention s'il te plaît, je vais pas m'en sortir pour faire sécher le linge avec ce temps.

Le temps chez ma mère, ça voulait dire la bruine, la brume, le temps qu'il faisait toujours là-bas, mouillé, à la ferme du fond, la pluie, le brouillard ou la neige, ou même la pluie, le brouillard et la neige, mélangés par le vent, le brouillard fait de neige pure à cause de la tourmente, mais aussi tout le temps qu'il faut pour le linge, le ménage et tout ça. Elle nous répétait vous ne savez pas tout le temps que ça prend, et c'est déjà l'heure de la traite, ton père a besoin d'aide à l'étable, Axel, et toi, viens m'aider avec le panier s'il te plaît.

Je prenais une poignée du panier, ma mère l'autre, et on montait au grenier.

Personne n'a jamais parlé d'une vache venue vêler, et mourir, pourrir dans les bois de vers chez nous. Je sais comment ça sent vite, les grosses bêtes mortes, mais personne n'a rien dit. Ni moi.

Je l'avais peut-être rêvée, pour m'inventer une excuse, une raison à mes salissures, à mon émotion, une raison pour moi tout seul.

Je me demande si le lac artificiel, en recouvrant mon enfance, a remonté ces corps, ou ce qu'il en restait. À moi il m'en reste le souvenir de tout cet effort de sang et de boue, de feuilles mortes avec lesquelles je me suis frotté et mouché après, en pleurant.

Je pleurais beaucoup petit, souvent, et je ne savais pas pourquoi.

Je me suis mise à pleurer pareil, abondamment, après mon opération, quand le premier sentiment au réveil c'était une douleur tellement grande qu'elle débordait de mon vagin à vif et tout neuf jusqu'au ventre de ma mère. J'étais dans les vapes, sous morphine, et je retournais mes souvenirs dans tous les sens. Je portais à bout de bras le corps lourd du veau mort. Je rouvrais les yeux. Et c'était le fœtus si léger, tout étroit dans mes petites mains de petit garçon effrayé, effrayé par ce bébé minuscule, inachevé, par tout ce sang sorti, et l'écho des flaques encore à sortir, par les cris de mon père qui me disait lâche ça, en appuyant de toutes ses forces sur le bassin de ma mère pour essayer stupidement d'arrêter l'hémorragie. Elle avait déjà lâché prise, vidée. On habitait trop loin de l'hôpital, et ma mère avait dit laisse à mon frère qui voulait appeler les pompiers, je sais comment on fait, tu sais bien, c'est pas la première fois, de toute façon ça tourmente trop.

Sous morphine, et sous la douleur qu'elle calmait si mal, je voyais les deux corps, le veau large et mon petit frère, mon petit fœtus violet, nager vivants dans les eaux du lac. Le veau trop massif a coulé. Le petit bout, mon petit frère, ma petite sœur, était comme bercé de gestes sous-marins, il remontait, j'approchais une main dans mon délire, je touchais un bras porté, une jambe menue et bleuie à la surface, une épaule légère et creuse comme du bois flotté.

Je n'aurai jamais d'enfant, c'était ce que répétait mon frère, si tu fais ça, tu n'auras jamais d'enfant. Je venais de faire ça, oui, et c'était tant pis, tant mieux, si je ne devais jamais en avoir, des enfants morts.

Les bleus d'eaux et d'arbres, ce ne sont pas les mêmes, mais à l'ombre du lac on ne peut pas les séparer.

(vers le collège)

Je conduis vers les ombres adolescentes, un peu frileuses j'imagine ce premier matin.

Les deux plus loin, je les prends en premier. Ce sont des garçons insolites, ils sont amis et séparables. Ils ne se mettent jamais à côté, et pourtant ils sont toujours ensemble.

Le premier sur ma route, celui qui se lève le plus tôt, est l'aîné d'une famille très écartée, et soumise, indifférente, aux commérages. La mère, on la dit sorcière par ici, parce qu'au lieu de la réserver au purin comme les vieux, elle met de l'ortie partout, dans la soupe, les tisanes, les décoctions, et aussi parce qu'elle a des livres dans toute la maison, même dans la cuisine. Son grand s'appelle Sylvain, la peau douce (grâce aux cataplasmes d'ortie contre l'acné), le regard brun, boisé. Puis il y a Lise, claire, translucide, et un tout petit frère, Minuit, deux ans et demi, minuscule devant son cartable, tout blond doré, même la peau. Il frétille tellement qu'on se demande s'il dort de temps en temps (Lise m'a dit un soir en soupirant j'ai pas encore trouvé l'interrupteur).

Quand on m'avait expliqué, il y a quatre ans, cette histoire de dérogation exceptionnelle pour prendre les moins de cinq ans, je craignais le pire. Des bébés à moucher, installer. Sortir les rehausseurs. Devoir boucler leur ceinture, essuyer leur nez et leurs joues, ne pleure plus, c'est fini, allez, c'est fini. Mais le pire des morveux n'est pas venu. Longtemps il n'y a eu que des presque grands, et puis après Pâques l'an dernier deux tout petits garçons, mais qui n'ont jamais posé de problème.

Minuit est toujours avec sa sœur, il la tient comme s'il en était une excroissance, et Lise vibre de son petit frère. Quand ils montent collés, en s'entrechoquant, on dirait un monstre à deux têtes plein de reflets cuivrés. Minuit la flanque serré contre une hanche, et Lise ramène le petit visage sur son ventre dans un geste maternel de grande fille. Je ne sais pas comment on dit, un geste de grande sœur, fraternel ça ne va pas, et maternel presque, mais c'est pas encore ça. Je l'envie d'avoir ces gestes, ces postures, cette bouche chaude encore baveuse contre son pull. Mon frère il m'aurait jamais laissée faire, mon petit frère, il dit qu'il n'a jamais eu de sœur, qu'il n'en aura jamais.

Minuit aura un peu grandi depuis juin, elle pourra peut-être s'asseoir en le décrochant.

Minuit le tout petit frère, si doré (et les cheveux longs, le prénom androgyne), mais personne ne le prend pour une fille. C'est bien un petit garçon, avec toute la panoplie, un regard turbulent, des gestes brusques, des épaules carrées. À la rentrée de Pâques, il était tout petit sous sa crinière. Il faisait le lion d'ailleurs, non un tir'g... (moins apeuré déjà au bout de quelques semaines, mais sans lâcher sa sœur). Ah pardon, le tigre.

L'autre tout petit, c'est Hugues, il a presque trois ans maintenant, il se débrouillait déjà comme un grand l'an dernier. C'est un petit paysan comme je l'étais, ou plutôt comme l'était mon petit frère, vaillant, dégourdi.

Les rehausseurs, ce sont les ados eux-mêmes qui les mettent en place avant de descendre au collège. Sylvain s'il le faut le rappelle, avec une voix droite, qui ne laisse pas d'espace pour la discussion, les sièges des petits, hé vous êtes sourds, il faut sortir les sièges des petits.

Il m'a dit un matin j'en ai d'autres, des petits frères, mais ils habitent en Allemagne, et puis j'en ai aussi d'autres, des grands frères, mais ils sont des faux frères. Il a souri, je n'ai qu'une sœur, par contre, et toi, Adèle, t'es la sœur de quelqu'un? Puis il s'est mis sous sa capuche, sans attendre la réponse que je n'aurais pas donnée.

Il habite avec sa mère et les deux petits derrière le mont. Cette mère, je ne l'ai vue qu'une fois, c'est peut-être une sorcière, mais c'est surtout une sauvage, qui dit bonjour comme si ça blessait ses lèvres sèches. C'est pas une bavarde. Moi j'aime pas trop parler non plus, mais je ne suis pas une malpolie. Son visage me dit quelque chose, mais je ne sais pas quoi, puisqu'elle ne parle jamais.

Le deuxième garçon sur mon trajet habite devant le mont, il monte quand j'ai fait le tour. Parce qu'ils me font faire ça, le tour du mont d'où sort le fleuve, je les appelle les ligériens, mes ligériens même. Il faudrait dire altiligériens, mais c'est moins facile, et comme je ne les appelle qu'à part moi, ça me regarde.

Mon deuxième ligérien porte un nom de fleur je crois, je crois que c'est un nom de fleur, Niel, Nielle, il me reprend souvent, et Sylvain (et les autres après Sylvain, et les autres comme Sylvain) : Nielle des Blés, mais ça ne pousse pas au-dessus de mille mètres, c'est pour ça qu'il est tout petit, tout maig'. Nielle ne répond jamais, il ne semble même pas contrarié.

Nielle et Sylvain, comme beaucoup de néo-ruraux, ont des parents écolos et broussailleux, des bourrus, dont se moquent plus ou moins gentiment les autres. Ils ont des taches propres à leurs pantalons.

Néo-ruraux ouais, je sais pas (Sylvain s'énerve parfois un peu), moi j'ai toujours vécu à la cambrouse, et ma mère aussi. Mais c'était pas tout à fait ici, alors pour eux c'est loin, quand c'est pas ici vraiment. Les autres ripostent. Adèle, on dit pas ça pour toi, ça fait longtemps que t'es là, c'est pas pareil, d'ailleurs tu connais tout le monde, même les vieux, ça fait qu'on dirait que t'as toujours été là. C'est vrai ça, de n'importe quel vieux qu'on parle, tu le connais, même ceux qui sont morts, c'est parce que t'as un prénom de vieille ? Les garçons, avant de vidanger leurs sarcasmes, me rassurent en m'insultant, et ricanent. Ils sont souvent comme ça, à double visage : un sourire, ou même des confidences, lorsqu'ils sont seuls, et parfois un mot de trop en groupe. Les redoublants sont aigris. Sylvain en prend pour sa gueule d'intello racaille, de marginal en capuche. C'est pas parce que ma mère a trois mille livres au lieu de trois torche-culs qu'elle est pas de la campagne. Ouais, des bréviaires, des livres de recettes pour te transformer en crapaud. Mais t'es déjà un crapaud. Parfois ils en restent là, parfois ils se lèvent, ont des gestes et se disputent, mais Nielle non. Quand c'est comme ça, je freine et je me gare. Ils savent qu'ils doivent se taire, s'asseoir, s'ils veulent que je redémarre.

Ils n'en ont jamais profité pour être en retard au collège.

Sylvain, s'il s'est levé, reprend sa place loin de Nielle. Ils se regardent.

Ils ont une relation intime et houleuse, qui n'a pas changé en quatre ans, depuis la sixième, depuis que leurs familles se sont installées, presque simultanément, sur le plateau. Ils sont soudés et pourtant solitaires, silencieux ensemble, parfois tenus par une connivence que rien ne semble pouvoir miner. Nielle et Sylvain, mes ligériens. Deux grands garçons, aînés tous les deux de familles monoparentales (au début ça jasait, mais la sorcière, elle ne s'est pas laissé faire, ou plutôt si, elle a laissé dire). Le père de Nielle est veuf, alors respect.

Nielle me dit bonjour Adèle, bonne rentrée, et va s'installer loin de Sylvain, en lui rabattant la capuche au passage. Je suis contente que rien n'ait changé.

La navette qui fait ma vie depuis dix ans, c'est un petit fourgon, portes coulissantes, quatre roues motrices, neuf places. C'est la première année que toutes les places sont prises. Huit enfants, huit ados, matin et soir.

Avec eux un trajet – parfois des écarts l'hiver, le détour des congères. Le trajet des grands n'est pas tout à fait celui des petits. Si beaucoup de grands ont des petits frères et sœurs, certains grands sont les petits derniers. Et certains petits sont les tout premiers, mais ne seront pas, sûrement pas fils uniques, ici je n'en connais pas, même dans les familles rapportées.

Quand j'étais petit, y'en avait bien une, mais ses parents l'avaient eue très en retard, c'est pour ça. Elle sentait mauvais.

Les derniers et premiers des nouvelles familles, il faut les prendre à d'autres hameaux, d'autres fermes. Mon circuit change à chaque fin de fratrie, à chaque début.

Aujourd'hui pas d'engueulade. C'est la rentrée, c'est normal.

Joël est souriant, tout beau, bien sapé, ça ne lui ressemble pas. Julien monte un peu plus loin, quatrième sur mon trajet (et comme Joël en quatrième cette année). Il siffle en voyant Joël, lui serre la main et s'assoit. Il se relève tout de suite (bouscule Sylvain), Adèle toi aussi t'es magnifique, mais c'est toujours. C'est sa façon de me dire bonjour, très gentiment ironique, un peu lourdement polie. Nielle se retourne et remarque en retard la transformation de Joël. Il semble même un peu éveillé, mais très vite il revient à son espace à part, son espace à lui seul, là, juste derrière sa figure d'ange enrêvé, cerné, enveloppé des fantasmes des filles à cause de ses taches de rousseur, de son corps fragile, de la blancheur de son visage sous des cheveux sans couleur. Les premiers jours de la sixième de Nielle, je croyais qu'il allait vomir aux tournants, mais son air maladif, c'est son air de tous les jours, et les filles, maternelles, s'approchent pour en savoir un peu plus. Savoir elles ne pourront pas, Nielle est un mystère que seul Sylvain a le droit d'approcher.

La voilà, la première des filles. Elle est aussi la première à m'apporter, à peine cachée sous un parfum artificiel citron-cannelle, l'odeur tenace et bienveillante des étables. Je respire et je la regarde. Comme elle a changé. Les ados, en un seul été, elles se retournent, elles ne deviennent pas adultes, elles ne quittent pas l'enfance non plus, mais elles se retournent, étrangement, dans un âge impossible. Quelle âge peut-elle avoir, celle-là ? De treize à quinze impossible de savoir, impossible de comprendre. Elle me regarde, Nadège, je lui en donnerais bien seize ou dix-sept si je ne savais pas qu'elle n'a jamais redoublé. Elle est en troisième, comme Sylvain, Nielle et Sébastien. J'ai plein de grands cette année. Elle sourit, ne me sourit pas, ne sourit pas aux garçons, elle sourit, mais à personne, peut-être à quelqu'un qui n'est pas là. Les quatre garçons sont silencieux. Derrière Nadège monte Sébastien, le cinquième et dernier garçon, le plus vieux. Jusqu'au collège encore deux filles. C'est facile à compter. Quand il en manque un, on me le dit toujours à l'avance, à l'arrêt précédent, parce qu'ici tout se sait, sauf sur Nielle, et Nielle manque souvent.

Je manquais l'école et le collège moi aussi, mais c'était une autre époque, un autre lieu, un autre lieu et pourtant le même, c'était une autre histoire sans doute.

Nadège se retourne, Sébastien l'a poussée doucement. Je regarde Sébastien, il m'adore alors il dit pardon avec les mains. Nadège s'assoit. Je reprends la route, et c'est la route qui me reprend, comme chaque année.

Le trajet est très tournant mais presque plat. Il est horizontal, et de là ma pensée monte et ne descend plus, ou plutôt descend, descend, et ne remonte plus. Ils me prennent doucement l'épaule, les gosses, même les plus petits, quand j'oublie un arrêt, mais ça m'arrive pas souvent quand même.

Je pense à cette femme ensorceleuse, la mère de Sylvain, Lise, Minuit. Personne ne sait de quoi elle vit, ni comment elle fait vivre ses trois gosses, ni où sont les trois pères, malgré la ressemblance des deux derniers y'en a trois c'est sûr, la rumeur l'a dit, qui n'a jamais complètement tort. Sylvain se renfrogne dans sa capuche si quelqu'un veut trop en savoir, Lise hausse les épaules en souriant. Sa mère sorcière, sauvage, les yeux dans les livres.

Il se murmure qu'elle ne sait pourtant pas écrire, qu'elle gribouille des signes inintelligibles, qu'elle se débrouille avec Sylvain pour les papiers administratifs. Le facteur, il dit ça, et aussi, elle vous offre même pas le café, un coup de rouge n'en parlons pas, elle reste les yeux dans ses livres, mais elle fait semblant, c'est sûr, ça existe pas, ça, des gens qui savent lire et pas écrire.

Mon frère se moquait de moi.

Il me traitait de liseuse. Je n'étais pas encore une fille pour les autres, non, je l'étais à peine pour moi, mais dans la bouche de mon frère, c'était plus insultant encore de se faire traiter au féminin. Lire au lieu de jouer au foot, c'était un truc de fille. Liseuse, comme menteuse, amoureuse (le pire du pire), pisseuse.

On se disputait tout le temps, et le reste du temps, on se bagarrait, ou plutôt il me bagarrait, me plaquant à terre jusqu'à ce que je le supplie, puisque je ne pouvais plus bouger, je ne pourrais bientôt plus respirer c'était sûr.

Je ne disais rien, après. Je ne lui faisais aucun reproche. Il aurait dû me traiter de taiseuse. Je lisais surtout pour me taire.

Il acceptait, tout petit, de jouer à la dînette, jusqu'à cinq ans peut-être, mais à condition d'être Davy Crockett (maman nous avait fait des déguisements). On enfilait les pantalons en cuir de veau, encore rugueux et mal tanné, très parfumé. On transportait les casseroles, les casquettes en peau de lapin, tous les accessoires au bord de la rivière, je faisais une tambouille avec la tourbe, ça sentait bon.

Mon frère a grandi plus vite que moi, et quand j'avais neuf ou dix ans, il est devenu plus fort et plus grand (il en avait tout juste huit). Il aimait se bagarrer, moi pas, et je prenais conscience de ma différence en me regardant comme inversée dans ses jeux de plus en plus brutaux. Je me comprenais fille lentement, en creux du corps et des coups de mon petit grand frère. Davy Crockett c'était lui, et moi tout le reste : les arbres, les castors, la solitude, la tourbière léchée par la rivière.

La rivière n'existe plus, c'est un lac maintenant, artificiel, large et plat, calme et si vaste pardessus notre ferme. Devenue fantôme humide, revenant à chaque vidange, tout abîmée, presque en ruine, notre maison, notre ferme, et dans le reflux l'étable, les chemins, et les ponts de la rivière.

Nadège se lève pour venir à côté de moi (pousse-toi Joël, et Joël obéit, se met à l'arrière), les garçons l'embêtent, et puis elle voudrait savoir, cet été à la fête des Pensées, elle m'a vue, mais pas longtemps, pourquoi venir si c'est pour pas rester ?

Le privilège agaçant des petites navettes, c'est que deux élèves se mettent devant, à ma droite. T'es venue pour quelqu'un, et puis il était pas là, ou alors t'es venue pour faire plaisir à quelqu'un d'autre, des amis, et puis vraiment ça te faisait trop chier, c'est ça Adèle ? Ah non, je suis sûre que c'était pour un type, et qu'il était pas là. Il est comment ? Je souris. Ils sont tous habitués à mon silence, je réponds souvent par des sourires, ou pas. Oui ou non sur mon visage. Nadège est heureuse de savoir que je suis amoureuse, ou quelque chose d'approchant, enfin un truc comme ça, hein, Adèle ?

Un truc comme ça oui, mais avec un trou de quelques années. J'allais aux vogues avec mon frère quand j'avais l'âge de Nadège. On y allait se montrer, draguer et boire. Il y allait se montrer, draguer et boire. Moi je le suivais. J'étais l'aîné mais je le suivais, toujours. Je le collais, il m'appelait ma colle, Colette, en riant, et malgré tout j'aimais son rire. Il se moquait souvent, et souvent en public, comme pour conjurer quelque chose, le sort, mon avenir. Et, de temps en temps, il se moquait de moi tout seul, entre nous, dans une curieuse connivence. J'aimais ça, les moqueries à deux, intimes, et son rire, comme s'il était soudain et après tout d'accord avec moi : mais oui ma colle, ma Collette, pourquoi pas, un jour tu seras une fille, mais oui tu l'es déjà, allez, mais dans un corps de garçon, dis ça à papa, tu verras. Il riait fort et prenait mon épaule pour me faire vaciller. Je vacillais bien sûr, et dans le même mouvement mon corps s'emparait du rire de mon frère, je perdais l'équilibre dans ses sarcasmes atténués de tendresse bien cachée et de proximité.

Lui c'était le contraire, il gardait toujours l'équilibre, enfin, c'était plutôt l'équilibre qui le gardait. Il escaladait n'importe quoi, les arbres, les rochers, les falaises, le mur de la grange, il ne connaissait aucun vertige. Les hauteurs le rassuraient.

Nadège reste près de moi, je fais le petit effort de lui dire oui et non, tu sais je voulais juste voir si c'était encore comme quand j'étais jeune. Elle est toute contente alors, d'imaginer que jeune fille j'allais me faire draguer, puis elle retourne à sa place.

Se faire draguer, je trouve cette expression insupportable. Je me vois explorée jusqu'au fond, une perche pénétrante dans mes eaux, sondée jusqu'au cadavre.

Je m'arrête prendre les deux petites sixième (pas de cinquième cette année), les copines, voisines, quasi-sœurs, qui ne se lâchent jamais. Pas copines comme mes ligériens, toujours et jamais à côté l'un de l'autre. Non, copines comme des siamoises. Et parfois fâchées à mort, ça va ensemble. Elles s'appellent Marine et Marie, ça s'invente pas. Je les transporte depuis la maternelle. Cette année c'est le collège, elles sont très anxieuses, et quand elles montent les autres les charrient. Elles s'assoient devant, côte à côte, puisque Nadège est repartie avec les garçons (mais oui Adèle, je la mets, ta ceinture, deux minutes), et que Joël est resté à l'arrière. Elles m'avertissent ensemble et très angoissées que les gorges sont fermées, je leur dis je sais, je vais faire le tour par le col, ne vous inquiétez pas les filles, c'est pour ça que les horaires ont changé. Tu sais Adèle, ils disent que ça va s'écrouler, hé non, ça s'est déjà écroulé, mais non, mais si.

C'est parti pour une engueulade, finalement, la première de l'année, les troisième et les quatrième s'en mêlent. Les histoires d'éboulement, ici, c'est comme les histoires de dame blanche aux bords des routes. Tout le monde sait et ne sait rien. Tout le monde en a vu ou son frère ou son cousin. Dans un tournant, non c'est au fond des lignes droites, c'est là où y'a eu des morts, t'es trop con. Y'a pas eu de mort cette fois, ça s'est écroulé cet été. Mais non, pas encore. Mais si ça s'est écroulé, mais t'es nul, c'était y'a des années. Je les calme en leur assurant qu'il s'agit juste d'un confortement de falaise, mais c'est un grand chantier, il va durer plusieurs mois, on fera le détour longtemps. Jusqu'à la neige ? Oui, jusqu'à la neige, peut-être même jusqu'après la neige.

Les gorges vues d'en haut ont une drôle d'allure. Il a fait froid, et toute l'humidité remontée de la rivière est devenue du givre pendant la nuit, blanchissant dans le lever du jour. On dirait que ce givre est coincé, délimité. Il s'arrête au milieu de la hauteur des routes, débordant de chaque côté de la rivière sans atteindre le bord supérieur des roches.

On pourrait plonger les yeux dans le blanc, les remonter gris sombre, mais à nouveau le clair envahit notre regard. C'est notre rentrée, notre pays, en noir et blanc et gris.

Et le type, Adèle, le type, tu crois qu'il sera là cette année ? Je regarde Sébastien dans le rétro. Il est le seul double redoublant du collège, il se rappelle la toute première grande déviation, et je vois ses yeux prendre une place énorme dans son visage.

On avait vu le type après le premier gros effondrement de falaise, il y a plus de cinq ans. À l'époque les pompiers ont bien parlé d'un mort dans sa voiture, mais ils ne l'ont jamais retrouvé, seulement des bouts de carrosserie, des semaines, des mois après, émiettés comme du mica dans la masse rocheuse. Je devais descendre très bas sous le plateau, et prendre sur plusieurs kilomètres une route large et pourtant coincée dans les montagnes, une trois-voies en lacets. Au retour du collège, dans un virage, un virage précis et toujours le même, vers six heures du soir, il y avait un homme, les reins appuyés contre la glissière de sécurité, qui se tenait en danger côté route, toujours vers six heures et toujours dans la même position. Il regardait devant lui, légèrement vers la gauche. On n'avait pas le temps au passage de bien l'observer, mais comme il était là tous les jours même heure même virage, on avait cette étrange possibilité de le regarder par bouts, un morceau du personnage chaque jour, jusqu'à connaître par cœur ses habits, immuables, son âge incertain mais au moins cinquantenaire, sa position abrutie, son regard suicidaire protégé par un passe-montagne usé.

Personne ne le connaissait sur le plateau, il devait être d'en bas, remonter un peu en fin d'après-midi, et se caler contre la glissière pour attendre on ne savait qui on ne savait quoi. D'ailleurs on a tout supposé. Les enchères narratives étaient ouvertes dès le matin. Les petits sixième (dont Sébastien) voulaient que ce soit le type disparu dans l'effondrement. Les plus grands avaient cette réponse juste et absurde, que c'était impossible, puisque la falaise avait cédé tout en haut, et nous, on était tout en bas (alors, comment il aurait pu descendre?). Dès le matin on se demandait pourquoi, comment, et surtout est-ce qu'il sera là ce soir. Et tous les soirs les élèves montaient dans la navette sans rien dire jusqu'au virage. Sans rien dire ça voulait dire en chuchotant plein de choses, mais à voix très basse, comme pour ne pas gâcher le sort, l'histoire, la rencontre quotidienne et extraordinaire.

Un jour l'homme n'était plus là, mais dans le vide de sa place il y avait, bien visible (Adèle t'es témoin), un creux dans la glissière. Mes ados d'alors ont mis leurs parents dans le coup, ils ont cherché des infos tout le week-end suivant, et moi aussi, on a téléphoné aux hôpitaux d'en bas, aux pompiers d'en haut, mais rien qui pouvait correspondre. Un grand avait alors conclu il a dû changer ses horaires, et cette explication nous avait curieusement suffi.

Je fais taire l'excitation provoquée par la question de Sébastien (quel type, c'est quoi ce délire Adèle ?). Non, la déviation n'est pas la même, on va pas descendre si bas. On prend pas la nationale, mais non, sinon il aurait fallu partir encore plus tôt, tu te souviens bien. Dommage. Et puis tu sais bien qu'y avait plus que le creux. Ouais c'est triste.

Je me suis renseignée il y a quelques jours à propos du chantier. Cette fois, il a été décroché par l'entreprise où mon frère fait de l'intérim. Je me suis approchée du téléphone, avec un livre. Je suis restée des dizaines d'heures, j'ai lu plusieurs livres, mais mon frère ne m'a pas appelée.

L'an dernier je scrutais déjà les encorbellements, je me disais il va falloir les conforter c'est sûr. Aux gosses je disais mais non, ça va pas s'écrouler, et j'espérais, je redoutais le contraire. Je voulais voir mon frère. S'il vient plusieurs mois il me contactera.

Mon frère seul au-dessus des failles de la montagne, des semaines, des mois, à dormir dans une cabane de chantier, il préfère rester suspendu solitaire qu'appeler sa grande sœur. Rigoler sans rire avec ses collègues à peine entrevus, encore encordés à la pause sandwiches. Étourdi par le silence particulier du vide, ce bruit de la solitude des centaines de mètres de pans rocheux en dessus, en dessous. Gardé par l'équilibre. J'essaie de l'imaginer en me souvenant des lettres qu'il m'écrivait. Il m'écrivait beaucoup avant mon opération. Je me faisais des dessins de ses lettres dans ma tête, parfois sur des petits papiers.

Je griffonnais un bonhomme au bout d'un fil, et c'était lui.

C'est peut-être ce qu'elle fait, la sorcière, des illustrations, des petits story-boards à partir des histoires lues dans ses livres. C'est peut-être des dessins minuscules, ce que les autres prennent pour des gribouillis ou des grimoires.

Moi je n'arrivais pas bien à me représenter le balancement de mon frère, les mouvements de ses bras et de ses jambes, ni les grimaces de son visage.

J'ai peur d'oublier son visage. Je ne l'ai pas vu depuis dix ans. Mon frère à part comme un poisson d'en haut, pulsant dans un tressage d'acier, agité mais calme, réparant un filet anti-sous-marins, pour sécuriser les grosses écailles instables au-dessus des routes, soutenir les encorbellements centenaires. Je pense aux conflits potentiels, aux renoncements militaires sous-entendus dans ces gros soutifs métalliques de la montagne. Mon frère installait sans y penser des filets ASM, récupérés dans l'océan après la guerre froide (il m'écrivait ça, sans y penser). Maintenant ce sont des filets tout neufs, fabriqués pour un aménagement pacifique du paysage. On continue à les appeler des filets anti-sous-marins, mais au lieu de se gonfler d'eaux profondes ils surplombent des routes altitudinales, presque aériennes. Des filets dynamiques et puissants, avec serre-câble, pour tenir la montagne comme on retiendrait une masse de guerre sournoise, avançant sous les eaux de l'air. Les cordistes s'en enroulent le torse, pour les hisser très haut, quand l'héliportage n'est pas possible, un peu déstabilisés par les charges. Des hommes suspendus asymétriques.

Ils remontent vider les filets régulièrement, les purger des cailloux agglutinés après les tempêtes. Ils les changent tous les dix ans. Dix ans que je ne l'ai pas vu.

Mon frère se moquerait de moi, si je pouvais le voir et si nous étions encore gamins. Il mettrait son visage entre les mailles énormes du filet jusqu'à ce que j'aie peur. Mon frère fier ludion, qu'elle crève cette pétasse, il doit dire aux autres, sans préciser que je suis sa sœur. Mon frère il se tait, et lorsqu'il parle il a toujours des phrases contre moi. Par moments seulement il parle de son grand frère, lorsque j'étais encore ça pour lui, l'aîné. Il n'a jamais eu de sœur et jamais il ne parle des autres femmes, ça j'en suis sûre et d'ailleurs il me l'a écrit, à cause de toi, de savoir que tu vas faire ça, je peux pas regarder une gonzesse sans avoir la gerbe.

Mon frère, c'est un homme inverse, un homme figé en l'air, il monte et descend, bien encordé. Son corps se plaque dans les plis des roches pour travailler, il oublie, son visage est abrasé par les éléments, marqué comme les parois. Un homme tracé, mon frère, mais un homme sans mémoire, sans mémoire de moi depuis dix ans. Un homme qui ne se sait et ne se sent en sécurité que seul au milieu de rien, se reposant aux alvéoles élargies, avant de se projeter à nouveau les bras chargés de capteurs à poser, de canules, de câbles pour les sanglages. Un homme chargé.

Il rentrait le bois avec papa, je me souviens, il poussait la porte de l'épaule, il jetait les bûches au sol et maman râlait pendant que je courais chercher un balai. Il souriait, des débris sur le pull, qu'il époussetait en me regardant (et en mettant un doigt sur ses lèvres). Je ramenais les débris vers moi.

Le conseil général est formel, pas de conduite dans les gorges jusqu'à nouvel avis, même lorsqu'elles sont exceptionnellement ouvertes pour le week-end et les touristes (quand j'étais petit on les appelait les estivants, même en hiver).

Si je veux y aller, ce ne sera pas en navette. Je ne pourrai pas faire semblant d'être obligée, d'être de passage scolaire.

Si je veux y aller, ce sera forcément exprès pour voir mon frère.

(vers l'école)

Lise entre, et dans le rétroviseur je vois tout de suite combien elle aussi a changé. Elle installe Minuit, toujours minuscule, flavescent, toujours agité, mais un peu décollé d'elle. Elle attache la ceinture de son petit frère avec des gestes que je ne lui connaissais pas et que je connais si bien. Ce détour du bras droit pour contourner une poitrine naissante, je l'avais décrypté tout jeune chez des filles plus grandes que moi, je l'avais copié très vite, et mon frère l'avait remarqué.

Au lieu de se moquer il m'avait pris à part, soucieux, il n'avait que huit ou neuf ans, il ne comprenait pas vraiment, il m'avait dit mais pourquoi tu fais ça. Je mentais que je ne faisais rien, lâche-moi, oui c'est ça, pourquoi tu prends pas les choses comme d'habitude, ah oui tu t'es fait mal au bras, dis, dis-moi. J'ai mal ailleurs, Axel, j'ai mal au torse, ça me vient jusqu'à l'épaule, c'est pour ça. J'avais pris l'habitude de dire torse à la place de poitrine.

Lise ne m'a pas dit bonjour.

Elle s'assoit et je continue ma route.

Les petits de l'école sont très différents des grands du collège, même les CM2 n'ont rien à voir avec les sixième, pas même les redoublants. Dans cette différence il y a plein de choses. Le changement d'établissement scolaire, l'entourage, les autres élèves, l'effet de groupe, les profs, les surveillants, l'attitude des parents, le corps qui s'étourdit, les gestes des bras des filles. Et pour moi qui les conduis, il y a le jour et la nuit, surtout en automne.

Les petits ne connaissent pas la nuit. Ils voient quelques minutes l'aube encore un peu noire en novembre et décembre, mais c'est tout. Le temps d'arriver à l'école, il fait jour pour eux, ou presque. Les grands au contraire, je les prends deux mois entiers de nuit, et d'octobre à janvier ils voient très peu de jour. Sortis et rentrés de jour ou de nuit, enfants endormis tôt, ou ados secoués en plein sommeil par les contraintes du ramassage, du collège, des adultes : ceux du jour et ceux de la nuit. Ceux qui ont les yeux ouverts dans leur bonjour, turbulents dans les matins et les brumes. Ceux qui sont noirs dans leurs mots, fatigués dans leur bonsoir, et se dépêchent de rentrer sous des capuches leurs mauvaises humeurs pour les assombrir plus encore. Et moi, ce que je préfère, ce ne sont pas les rires bien éveillés des petits, des rires brodés de flocons, minéraux, merveilleux, non, ce sont les humeurs exécrables, grossières et salissantes, si salement communicatives, de mes grands.

Ils gardent encore leur nuit au plus près du solstice d'été, ils la portent jusqu'aux grandes vacances.

Avec eux, avec ceux de la nuit, on aperçoit dès novembre, et de très loin, le clignotement solitaire des éoliennes.

Le matin, on connaît le temps qu'il nous reste avant le collège, en regardant l'heure aux lumières des étables, parce que les étables seules sont éclairées, et notre route, par morceaux, dans les phares.

Certains soirs il faut s'arrêter et descendre pour remettre dans les champs des veaux aveuglés, passés sous le fil sans le savoir, et qui n'arrivent plus à se décider, entre le bruit, l'odeur de leur mère, et les lumières de la navette, affolés et déjà si denses et musculeux qu'on y va à deux ou trois pour les pousser. On s'amuse de la bêtise athlétique des veaux, de la nuit, en rouspétant pour la forme.

Aux lisières des bois on regarde s'effrayer les culs veloutés des chevrettes, qui renvoient comme un miroir tremblotant la lune ou les codes.

Parfois on a des visions d'animaux méconnaissables, ou de phénomènes météo démesurés. Je les aime aussi pour ça, mes grands, j'aime ça chez eux, ces nuits ensemble.

Lise est comme eux c'est étrange, elle est déjà dans la nuit, c'est pour ça peut-être qu'elle ne m'a pas dit bonjour, ou sinon c'est à cause de son geste. J'imagine la gêne de ses seins neufs, asymétriques. Je mélange un peu tout dans mes lacets et mes pensées. C'est le geste du début de l'adolescence, et aussi de sa fin, puisque c'est le geste d'une femme. Une prémonition dans le mouvement du bras.

Mes ligériens et moi, on a partagé un soir à trois un arc-en-ciel de lune. J'avais du retard un peu et je voulais traîner beaucoup, à l'approche du mont, tellement la lune elle était grosse et puissante dans la nuit encore humide de toute la pluie du jour. Juste avant l'avant-dernier arrêt, juste avant de laisser Nielle, à la fin d'une légère montée, il était d'une majesté énorme, les pieds sur le plateau, arqué, on est passés dessous et j'en avais jamais vu, des arcs-en-ciel de nuit. Majestueux, gris, étrange, pas coloré gneugneu et en moitié couché comme un arc-en-ciel de jour, mais avec ces belles couleurs verticales : grises, noires, blanches. Un arc-en-ciel de lune, debout, et on est passés dessous.

(retour du collège)

Je croise les derniers grumiers, larges dans les virages, qui m'obligent à ralentir. Ils lâchent leurs souffles costauds sur ces routes inconfortables et cicatricielles. J'en laisse passer un, deux. Je replace le fourgon au milieu de la route.

Le soleil bas sur les vitres sales me gêne et me donne la sensation précoce d'être fatiguée. Je me sens toujours plus faible dans le soleil que dans les jours gris, que dans les nuits. À l'aube sombre je suis en pleine forme.

Mes grands se taisent. Je crois qu'ils sont crevés eux aussi. Le premier jour, après l'excitation du matin, c'est souvent comme ça, on les dirait lassés, déçus.

Les voir si régulièrement, annuellement tristes, les soirs de rentrée me met mal à l'aise, je me sens comme en périphérie de moi-même. J'ai l'impression de les avoir conduits à côté de leurs attentes.

Quand j'étais petit garçon, je voulais aller au caté, et c'était même pas pour faire comme les autres. Je voulais des réponses à mes questions, j'étais un peu mystique, mal dans mon corps, et surtout j'adorais les rituels de la messe. La communion, ça me travaillait, je voulais recevoir le corps du Christ, l'avaler, boire son sang. Mon frère se moquait, mais il a voulait bien m'accompagner jusqu'au village.

Maman essayait de répondre à ces questions obsédantes, qui restaient encore sans réponse après le cours et les explications du curé. Pourquoi c'est nous dans notre corps, c'est quoi après l'après de la mort, où ça finit le monde infini, et d'ailleurs où ça commence, et comment on mange la parole de Dieu ? Sur les miracles par exemple, elle avait sa petite idée. Selon elle, les petits pains n'étaient pas multipliés par Jésus, mais sous son influence. Il lui suffisait de convaincre les gens de partager. Si quelqu'un sort son bout de pain caché et en propose à d'autres, tout le monde va s'y mettre, tout le monde a un petit quelque chose à partager. Tu vois, c'est pas compliqué, c'est humain. Dieu est humain.

D'ailleurs tu connais le mot copain, et ben ça veut dire ça. Sauf que le curé m'avait grondé de rapporter de tels propos. Sauf que le curé était moins intelligent que ma mère, alors c'était plus la peine. Mon frère, qui me laissait à la porte du presbytère, m'a dit laisse tomber, viens voir. Il m'a pris par la main jusqu'à l'entrée d'un porche tout près et m'a poussé dedans, n'aie pas peur. Après le porche, on est entrés dans une cave voûtée et au centre, en tas énorme sur la terre battue, il y avait un ossuaire. Un ossuaire plus grand, bien plus large et plus haut que nos corps d'enfants. Pendant des semaines on y est allés, en cachette (on disait qu'on allait au caté, et c'était presque vrai), on s'est vautrés dans les mystères du tas d'os, grisés par des suppositions plus grosses que nous, par l'interdiction présumée de franchir la porte de la cave, par le mensonge partagé.

Je passe le col et c'est Nielle, Nielle pourtant toujours ailleurs, Nielle de la lune, de Mars, de n'importe où sauf d'ici maintenant, c'est Nielle qui le voit en premier. Adèle, le mec, là, c'est pas lui ?

Là, juste après le col, quand la départementale se resserre dangereusement entre deux pans verticaux de roches, adossé dans un renfoncement naturel à taille humaine, mais très près de la route étroite, notre vieux frappé, notre inconscient au passe-montagne d'il y a cinq ans.

Mercredi 26 octobre

(vers le collège)

L'automne de littérature il ne dure pas. La flamboyance, les orangés lyriques des fayards, les ocres brillants des saules, les verts acides mangés de soleil sur les bouleaux, les rouges massifs étalés écarlates des érablières, ou à l'inverse les rouges en pointillés et piquants des érables isolés dans les jaunes des autres arbres, juste le temps de la décrire, le temps pour le vent de retourner au sol quelques feuilles, et deux ou trois trajets avec mes gosses, c'est fini. Sur les branches comme à terre c'est fini. Au bord de la route les palettes des feuilles se rétractent toutes menues dans les bruns, et les troncs sont déjà gris-rose. Pas un rose de roman à l'eau de, non, un rose tout terne, et plus haut, jusqu'aux ramilles, des pourpres sales. L'altitude accélère l'installation de violets taciturnes, violets sales, de ces roses malades, à la fois clairs et sombres, mais si mats que nos pupilles se dilatent pour y voir. Sur mes routes l'automne est très vite un étalage de couleurs amères en écho au brouillard. Du brouillard, dans l'humus jusqu'au corps des arbres, inscrit dans les écorces, et quand s'étalent les brumes de l'air, nos pupilles sont énormes. J'ai cette impression rassurante que tout est là, que la forêt est enfin à sa place, une fois chassés le soleil et les rougeurs pathétiques.

Après la traversée des forêts de brouillard, c'est plat et c'est haut, et les buissons maigres. En fin de journée, une bande tout horizontale de lumière giclée à ras de terre s'étire sur le bord du plateau, mais le reste du temps le soleil est gris. Les hauteurs croisent les longueurs mornes, ardoise, et presque poussiéreuses, presque argentées mais jamais jamais autre chose finalement que tristement grisées. Sauf, sauf c'est curieux, le dos des feuilles avant qu'elle ne s'embrunissent, le revers des feuilles silver flash, très rapide aussi, mais de l'argent qui reste en mémoire comme une exception joaillière des misères du plateau.

Sur le plateau nu on plonge, on remonte, et puis ça va loin. Si loin que les gens dans les champs ressemblent à des émois tremblotants de la terre, si loin que c'est beau, mais ce n'est pas beau à cause de la nature. La nature c'est comme le reste, c'est pas plus beau ni plus pur qu'une ville, que les zones commerciales ou les zones industrielles, que les éoliennes hautes et arrogantes au-dessus des épicéas. Des fois même la nature elle est comme ça énervante et neurasthénique, à l'automne si moche et sale, boueuse et collante au printemps quand la neige poisse, arrogante avec le soleil intact de l'hiver, et ridicule si verte l'été. Pénible, ennuyeuse, comme tout le reste. Si pourtant le plateau me vient souvent autour de moi si beau, c'est juste parce que j'y vis. C'est bête, mais magnifique est l'endroit où on vit, ça dépend de comment on se lève, comment on regarde au-dehors, ça dépend de si on regarde. Il y a des jours, des matins ou des nuits, où le temps dans le paysage, où l'air dans les arbres est exactement, presque trivialement, en accord avec le temps dans notre corps, l'air dans notre humeur, on est maussade et dehors aussi, l'humidité se palpe de partout, de nous jusqu'aussi loin là-bas, où ne voient pas nos yeux, puisque le crachin nous interdit de voir. Il nous surprend jusque dans la cuisine, et on s'y attendait tellement. Que la pluie soit froide dans le cou ça ne nous enlève pas l'envie de pleurer, mais ça nous rend la dépression presque belle.

Hier étrangement c'était un soleil large qui se plaçait en transparence sur mes larmes, et ça marchait pareil. Mes larmes étaient claires, lumineuses.

Doubler notre air du climat des choses ça nous soulage partout, du moment que partout c'est là où on vit.

À ma droite, sur le siège avant, Sébastien se penche pour fouiller dans son cartable. Je vois le visage de Nadège, abîmé dans la vitre et la buée. Elle est assise à côté de lui, à l'avant comme lui, mais elle est complètement ailleurs, très loin de nous. Ce matin il fait anormalement doux, avec ce brouillard tiède, transporté par un vent du sud presque insupportable, âcre et saillant. Il y a deux jours c'était pourtant moins douze au départ du trajet, trop froid pour la neige, et les vieux ont déjà commencé à couper les genêts pour isoler les toits des poulaillers. Au moment des petits, Hugues avait apporté une odeur de foin et de cold cream en me disant fièrement j'ai aidé maman à nourrir les génisses.

Cet écart des températures, on y est habitués, et au vent aussi, mais quand même, ça me tracasse.

Aujourd'hui la buée je pense pas qu'elle soit froide, ni chaude, sur la joue de Nadège, je sais aussi qu'à son âge c'est parfois le contraire, nulle part c'est là où on vit. Nulle part à cause de cette difficulté de l'adolescence d'être si soudainement et violemment sexuée. Mais je ne sais pas si c'est plus facile pour elle. Oui je crois que ça doit être plus facile, quand on a un sexe à peu près cohérent. Elle se redresse soudain, revient à nous, et me sourit par-dessus Sébastien parce qu'il a la tête jusqu'au cou dans son cartable (l'oubli du DM d'histoire, elle va me tuer la prof). Je ne suis pas sûre que ce soit plus facile, je me souviens juste un peu trop fort de ma propre adolescence, de cette adversité qui me paraissait insurmontable. J'aimerais lui dire, à Nadège, mais comment lui parler. Même à Nadège c'est impossible, elle qui serre les cuisses ou les ouvre trop. J'aimerais lui dire, personne ne t'empêche de les ouvrir, tes cuisses, mais personne ne t'y oblige. Je ne peux pas lui expliquer, comment je ne pouvais pas, moi, ni les ouvrir, ni les fermer. Pour devenir ce que j'étais, je m'enfermais dans la salle d'eau. Je n'avais devant moi que des moments étroits. Et tout le reste du temps et de l'espace, il me fallait porter le sexe en avant pour avoir l'air d'être ce que je n'étais pas, avec en plus ce déplaisir de plaire aux filles à cause de mon air romanesque idiot, cet air qu'essaie de prendre Sébastien quand il referme son cartable résigné en regardant Nadège, puis en se retournant vers moi, vers elle. Tu vois Adèle, elle s'en fout de ma détresse, Nadège, elle pense à je sais pas quoi, mais moi je vais me faire tuer par la prof, elle s'en fout, regarde-la. Il se tourne vers elle en susurrant, pourtant l'autre nuit, au brame du cerf, elle faisait pas sa farouche… t'as déjà oublié, ma biche ? Je regarde la route, mais je lui souris et j'ai bien compris que Nadège, chez lui, c'est un peu moi.

Nadège soupire en essuyant le nez de Sébastien, elle frotte les grains de terre, et lui conseille de se moucher dans des feuilles propres, la prochaine fois. Sébastien, en se tournant vers Joël, me prend à témoin tout en se moquant de lui, c'est écologique, Adèle, tu connais ? C'est les mouchoirs d'automne, alors vous en avez de toutes les couleurs, vous apprécierez la douceur du nouveau mouchoir feuille de chêne, et l'aspect velouté de notre nouvelle collection, toucher cachemire, mouchoirs d'automne, mouchoirs jetables, jetables n'importe où, les Marie rient, tout le monde rit, et je me rends compte que le vent n'est plus là.

Le vent c'est le pire d'ici, le vent c'est ici, presque toujours, et jamais du même côté. Le vent tourne, se désoriente, ne se pose plus. Le vent sans la neige ce n'est pas encore tout à fait du vent, ce n'est pas de la tourmente, ça ne compte pas autant, mais ça fait partie des terres, ça fait partie de nous. Quand il tourmentera, ce sera presque l'inverse, c'est nous qui ferons partie du vent, neigés et tourmentés nous serons.

Le reste du monde est là, en mouvement, dans un bruit qui fait taire tous les autres. Les bords des océans, les gouffres, les villes, les frontières inconcevables sont ici, dans le vent. Le vent fronce les prés par vagues, il aplanit les couleurs des bruyères et couche l'acidité des fougères. Il pose des rides à la naissance des branches des fayards, au monde plat des lacs, aux écorces grises des frênes trentenaires. Des replis de partout, même sur les joues des gens.

Nielle qui ne parle presque jamais a remarqué un certain silence, ou plutôt l'absence de bruit, je le vois dans le rétro se redresser pour regarder par la vitre, Sylvain soulève sa capuche, Sébastien chuchote ça s'est arrêté. Les deux trois secondes de rien qui suivent l'arrêt des choses, du vent, du temps, tout le monde le sait, c'est une dilatation, non, une rétractation du monde avant les catastrophes, dites naturelles d'ailleurs, les falaises qui décrochent au bord des océans, les tremblements de terre, les failles, déluges, volcans ouverts.

Un serrement douloureux des terres.

De ma naissance je m'en souviens. Je ne suis pas la seule, presque tout le monde s'en souvient, mais presque personne n'y fait attention, c'est tout. Moi je le sais parce que ça m'est insupportable, quand je retrouve les sensations qui l'accompagnaient. Pas grand-chose d'ailleurs, peu de choses, le souvenir du passage. L'oppression de tout le corps en résonance, une angoisse au sens propre partout répercutée, revenante aujourd'hui encore. Dans les gorges, sous les brumes mais aussi en plein soleil, en plein vent, en pleine intimité, quand un homme ne se tient pas assez fort sur ses coudes et m'écrase la poitrine.

Mon frère dans une de ses lettres me parlait des pièces sur mesure fabriquées en fonction de la forme du rocher, des coffrages, des supports bétonnés pour retenir les blocs de roches. J'avais dessiné le corset de la montagne.

Être serrée, être tenue, étrangement ça me fait du bien, si ce n'est pas par quelqu'un. Je n'aime pas les vêtements amples. Je me recroqueville presque tous mes soirs dans une baignoire étroite (j'étais tellement contente, en m'installant dans le village, de trouver dans l'appart une baignoire comme ça, à ma taille, je me disais). Pour dormir je me coince entre le lit et le mur, le bras et la jambe droite sous le matelas. Quand j'étais petit, je faisais des kilomètres à vélo dans les landes farcies d'épilobes, je coinçais mes roues dans les hampes pourpres encombrantes, à certains endroits elles étaient plus hautes que moi, mais je ne voulais pas faire le tour par la route. Je me dégageais, je remontais sur mon vélo. Parfois je le portais pour atteindre enfin les prés rasés, où je pédalais à fond pour semer mon frère et sentir les énormes poils drus des restes des fenaisons racler les pneus. Je me dépêchais vers le volcan pour aller me baigner dans le lac glacial, mon lac, ma pause, sentir mon corps se contracter, laisser ma peau saisie par le froid se brider. Je nageais vers le centre, je me laissais couler un peu (et mon frère criait apeuré, dressé sur son vélo, on allait se faire tuer si maman savait). Mais c'était moi qui avais peur s'il me bloquait le corps pour jouer. Il me mettait à terre et s'amusait à me couper le souffle rien qu'avec son poids. Je suffoquais et courais rapporter à maman, mon frère décontenancé prétendait qu'on jouait juste à se bagarrer.

J'ai peur, j'ai mal, j'ai froid, ça m'oppresse, quand c'est un autre corps que le mien, que les eaux, les choses, qui me tient et m'emprisonne.

Je déteste ça, être tenue serrée par quelqu'un d'autre. J'ai toujours eu mal sodomisé, et je croyais déjà que c'était à cause de ma naissance douloureuse. Pourtant la pénétration vaginale, et même les lèvres encore cicatricielles, j'aimais, j'aime ça. J'ai aimé ça tout de suite, quelques semaines après l'opération (je n'avais pas attendu les quatre mois de précaution, je me sentais prête depuis si longtemps). J'aime ça sans avoir mal, jusqu'à ce qu'un homme s'abandonne et s'affaisse. Là c'est plus pareil. Lève-toi j'étouffe.

Pénétrée en garçon j'ai souvent essayé, puisque j'aime les hommes, mais ça m'a toujours fait si froid. Glacé et glacée j'étais. Fissurée bien sûr, endolorie un peu, mais refroidie surtout, rétractée, glacée plusieurs fois, comme sur plusieurs couches, comme au fond de moi, comme, ah oui, comme le torrent en dessous des grottes il y a deux ans. L'eau gelait progressivement, de plus en plus profondément, et son mouvement se figeait, jusqu'à ce que le gel s'empare des remous du fond. Et ça faisait des strates successives et aléatoires d'ondes immobiles.

Sodomisé je me sentais à la fois agressée et malformée, duelle, et ça me donnait envie de vomir. Impossible de savoir pourquoi. Je n'arrivais pas à me savoir fille d'être pénétrée de dos.

Un jour je me suis débattue comme si le type me violait. Il s'est arrêté tout de suite, incrédule mais tendre. Il essayait de me rassurer mais je ne savais pas de quoi j'avais peur, de quoi j'avais mal, de quoi j'avais si froid. Je me sentais inexplicablement cogné, brutalisée. Je me sentais à la fois esseulé et soumise à une impudique proximité. J'avais aussi une drôle d'inquiétude. J'avais l'angoisse de rester collée à ce mec comme un frère, une sœur siamoise. C'était ridicule, exagéré, et cette fois vraiment monstrueux, pourtant ça levait mon sexe, je bandais, dégoûtée de mon corps de garçon.

Je m'étais rhabillé et assise, pour raconter cette histoire à ce type, une histoire entendue à la radio. C'était l'histoire de deux sœurs siamoises, un seul corps et deux têtes. L'une d'elles s'est mariée, et l'autre a porté plainte pour viol, attentat à la pudeur, séquestration, proxénétisme aggravé. Il s'est énervé. N'importe quoi, ça n'a rien à voir. Je me suis fait traiter de folle, malade, handicapée du cul.

Personne ne parle. La terre dans les vitres prend une allure de poing fermé.

Peut-être que j'interprète trop le silence de ma conduite, ce roulement de la navette sur un sol qui me paraît juste pas comme d'habitude, mais par prudence je préfère me garer. Je prends cette décision de garer la navette, mais le temps de trouver l'emplacement, la catastrophe aura peut-être lieu, je le sais, ils le savent, mes grands, qui se taisent tellement fort.

Je tourne la clé du moteur comme si le silence n'était pas déjà trop vaste, collant.

Les gorges ne sont pas loin, mais le bruit a mis du temps à venir. Peut-être cinq ou six secondes.

Joël est le premier à reprendre un souffle, une phrase, putain, pour une fois que j'avais pensé à mes matériaux d'arts plastiques.

Mardi 15 novembre

(vers le collège)

Le vent n'a repris que ce matin, dix-neuf jours après l'effondrement. Presque trois semaines sans vent, c'est tellement inhabituel. Les bavardages étaient amassés plus que jamais autour du temps. On avait plusieurs hypothèses, des sucs de mots en silence, le souffle émondé, les excuses silencieuses de la montagne, certains ont avancé le réchauffement climatique, les vieux ont haussé les épaules en laissant se dire toute seule cette phrase épuisée, si rebattue qu'elle n'a plus besoin de personne pour être portée. Ils ont haussé les épaules, y'a plus de saisons.

Le vent, juste avant l'heure de partir, a livré la neige, copieuse, tourmentée, et avec la tourmente les mêmes craintes habituées des gens d'ici, les mêmes phrases, centenaires, et juste après elles, les congères qui commencent à se former, aux mêmes endroits que l'an dernier, aux mêmes endroits chaque année, et je me demande pourquoi je n'ai pas l'instruction d'un autre itinéraire.

Je m'agace un peu au mont, la navette s'enfonce, mais mes ligériens sont calmes, et leur calme me rattrape. Nielle me prévient de la présence du chasse-neige juste derrière. Je le laisse me doubler et je place la navette dans sa trace.

Le vendredi de l'accident, le soir jusque très tard, la montagne a retenu le bruit des hélicos. Tout ce vacarme pour un seul blessé.

Ce dimanche en entrant dans le calme tout chaud de la chambre d'hôpital, je n'ai pas pu m'empêcher de me moquer (à mon tour) de mon frère, de son air exténué, ridicule, de cette attelle démesurée à son index.

Il s'est défendu en m'expliquant lentement, très lentement pour bien me montrer combien je suis idiote, que plusieurs opérations sont encore nécessaires, et j'ai déjà été opéré deux fois, c'est pas parce que c'est le doigt qui a tout pris que c'est pas grave. Sans ma main je peux pas travailler, ça veut dire au moins six mois d'arrêt, je vais devoir aller chez un kiné tous les jours pendant je sais pas combien de temps, si tu comprends pas ça t'es vraiment conne, et moi me rouler les pouces, l'index, ah, très malin, n'empêche moi être payé à rien faire je supporte pas, je suis pas conductrice de navette scolaire, moi.

Il a hésité. Comment ça se fait que tu viens me voir que maintenant ?

On ne s'est pas vus pendant plus de dix ans, et il me posait cette question décalée, parce que je venais seulement trois semaines après son accident.

Mon petit frère de mauvaise humeur je l'adore, et dans mon sourire je lui ai laissé comprendre que j'avais remarqué. J'avais remarqué que pour la première fois sans contrainte, naturellement (lui qui me disait ce que tu vas faire c'est pas naturel, c'est pas sain), il s'était disputé avec moi en faisant l'accord de genre, deux fois.

C'était déjà arrivé bien sûr, mais sous la pression sociale seulement, quand en ma présence il ne pouvait pas sans provoquer trop de questions me parler au masculin.

Un jour il m'appellera par mon second prénom, un jour je serai sa grande sœur Adèle.

On habitait ensemble quand ils ont noyé la ferme du fond. On était de jeunes adultes, et déjà de vieux orphelins. Maman était morte depuis longtemps, et papa continuait de vivre et de mourir dans une sorte d'asile, maison de repos, où le temps était dilaté, et plus dilaté encore autour des parties de coinche dominicales.

Après avoir enterré ma mère, après avoir vendu toutes les vaches, mon père a loué les terres, puis a cédé très vite aux tractations de la compagnie d'électricité. Il a accepté tout bas leur arrangement avant de se laisser prendre par une déprime carabinée. Sa voix était mangée par des années de chique et de silence. Elle ne s'est presque plus prononcée. On a vécu un peu tous les trois comme ça de cet argent sans rien faire dans la ferme du fond. Il y avait bien encore quelques poules et le cochon, juste histoire d'occuper papa. On prenait aussi cinq ou six chevaux de trait en pension à la fonte des neiges.

Mon frère et moi, on n'était là que le week-end, puis un week-end sur deux, pensionnaires nous aussi, dès le collège.

Je me pensais au féminin, en faisant les accords, depuis un bout de temps déjà. Mais comme j'étais bien la seule, je me sentais à la fois solitaire et désaccordée.

On revenait le vendredi soir très tard (deux, puis trois changements de car), papa nous embrassait en tenant des petits papiers dans sa main hésitante et bien fermée, qu'il faisait passer dans les nôtres, offertes. Ce geste me faisait penser à mémé quand elle nous donnait de l'argent en cachette et en tremblotant. Elle nous grondait par avance, hé prends-le, puisque je te le donne, et ne va pas le dire aux autres, et surtout ne le dépense pas à des babioles. Papa quichait un peu dans nos paumes en froissant les papiers, qu'on recevait chauds, humides, comme des promesses usées.

C'étaient les listes des choses à faire. Maman nous en faisait tous les dimanches pour la semaine, avec des corvées qui n'en étaient pas vraiment. Mais les listes de papa étaient presque vides, alors on s'inventait des tâches pour qu'il ne se rende compte de rien, pour qu'il ne nous surprenne jamais désœuvrés, pensifs.

S'il venait vers moi les yeux pleins, je me levais en répondant à ses questions aphones. J'y vais, j'y vais. Et quand je ne savais pas où, y aller, j'allais toujours voir les chevaux, nos pensionnaires.

J'aimais beaucoup aller voir les chevaux, les entendre, les entendre bien avant de les voir. Pas les entendre, sentir de tout mon corps leurs bruits peser sur le sol, des centaines de mètres tout autour. J'aimais marcher sur leurs vibrations étirées, corpulentes. Je me laissais trembler dans leurs trots écartant les fibres de la terre, lourde elle aussi, malmenée.

J'étais dans un livre qui ne me quittait plus. Je l'avais emprunté au lycée parce qu'il décrivait la lutte contre une inondation dans la montagne. Je m'étais embarquée dedans et j'avais décidé de ne jamais le rendre. Il y avait un passage très beau, où une vieille dame se faisait encorner, secouer, éventrer, déchirer, traverser par un grand taureau sortant des eaux qui recouvraient les champs. La violence de cette mort, je sais pas pourquoi ni comment, me réconfortait, rassurait quelque chose en moi. Le bruit des chevaux remontait cette lecture dans mon corps, et je me suis juré un soir près de lui de choisir le prénom de cette vieille pour ma seconde naissance, en espérant finir toute ratatinée comme elle, toute menue, dans un corps à corps démesuré avec le paysage en mouvement.

Je rêvais, je me faisais des films spectaculaires, en faisant semblant d'aider papa.

J'étais en terminale quand il a bien fallu comprendre que mon père ne se lavait même plus. Le temps que les services sociaux s'en mêlent, qu'on fasse un peu semblant de résister, et puis c'était fait. La famille voulait le prendre, mais qui on ne savait pas bien, personne n'était vraiment volontaire, et les eaux déjà montaient tout doucement autour de la ferme. L'asile c'était quand même ce qu'il y avait de plus pratique, sans embarras domestiques, c'était en ville, en bas, donc mon frère et moi on avait plus qu'à déménager tout près, voilà, c'était décidé, hein les garçons, c'est le mieux. Près du père, près du lycée, de la fac.

Oui, c'était commode, sauf que je n'avais jamais été un garçon, et que cette ville si loin de notre ferme du fond, du hameau, du village, pour moi ça ne voulait dire qu'une chose, pouvoir devenir ce que j'étais, sans que personne le remarque, le rapporte, en fasse toute une histoire.

J'étais trop contente, immonde à cause de papa, heureuse.

On a pris un appart au centre de la ville avec l'argent de la société hydroélectrique, on s'est installés comme un jeune couple d'étudiants. C'était un appartement tout petit, meublé, encombré des objets innombrables, des bibelots et des poupées de collection de la proprio. Il était kitsch et limite insalubre, avec une seule chambre. On dormait sur le canapé un tour chacun, on changeait chaque semaine, on se partageait les corvées, comme à la ferme. Je passais le balai, je faisais la vaisselle, la cuisine, le linge. Le linge, franchement j'aime bien, ça se fait tout seul, même le tri (je sais pas où j'ai lu ça, un personnage de livre les appelait les gestes des anges, les gestes d'intérieur qui se font tout seuls). Axel bricolait après le lycée, il réparait les fuites, tout ce qui foutait le camp, et y'en avait beaucoup. Un jour il a tracé une saignée le long des murs pour refaire l'électricité, je l'ai traité de fou, il y avait de la poussière partout, il était tout gris et blanc. Il a passé la main sur ses paupières, et son regard est sorti de ce geste tout noir et vivant.

J'adorais notre vie à deux. Je me suis mise à réajuster mon corps comme un corsage, tous les matins et soirs. J'y passais des heures, et mon frère me rappelait les visites à notre père des jours avant, comme si je n'aurais pas eu le temps de me démaquiller et d'enlever mes clisses et mes treillages. Il employait toujours de drôles de mots.

Je prenais du temps c'est vrai, mais c'était du temps à part, du temps pour moi, du temps pour me retrouver, pour me modeler, du temps plastique qui me rendait confiante. Je bordais mon sexe dans la peau de mes testicules remontée, ou dans le creux de mes fesses, dans un souci méticuleux de latéralisation. Je me sculptais fille, je le faisais depuis longtemps, mais là ce n'était plus en cachette, vite fait mal fait, la peur au corps d'être découverte. Alors je prenais mon temps, je retroussais ma verge avec patience. J'étirais ma peau comme on recouvre un corps endormi d'une petite couverture, par pudeur, pas peur qu'il ait froid.

Mon frère s'agaçait derrière la porte de la salle de bains. On se disputait parce qu'il me trouvait indécent, moi qui voulais être tenue, corset et gaines serrés (je les achetais dans les sex-shops ou dans les brocantes), il me trouvait indécent et démodé pour une femme, il chuchotait un soutien-gorge ça suffit, même quand on a rien à mettre dedans, tes emballages ils sont vides, c'est que de la mousse. Il n'osait pas dire ça trop fort, pour une fois on avait des voisins. Pour les voisins justement, il fallait bien faire comme si j'étais une fille, et comme je ne pouvais pas être la grande sœur de mon frère (il n'avait jamais eu de sœur, il n'en aurait jamais), sans rien se dire on avait pris l'attitude que les gens attendaient de nous, celle d'un jeune couple qui se ressemble.

Les visites à notre père se sont espacées, puis sa déprime l'a creusé, creusé, tellement raclé, qu'il ne nous a plus reconnus.

Mon frère s'est forcé trois ans à me parler au féminin, à être tendre, attentionné devant témoins, et indifférent, agressif, parfois à me violenter au masculin, la porte refermée.

Je savais à quoi m'attendre quand je rentrais, mais ça faisait rien, j'étais si bien, presque heureuse. Les cures d'hormones, fatigantes et bienfaitrices, me rendaient mon corps, dans une fonte musculaire progressive que je mesurais impatiemment devant le grand miroir du couloir. Elles me ramenaient ce corps, et ce corps m'avait manqué si précisément que ça me blessait de joie entre les jambes, dans ces omoplates fouillées (je me tordais pour les voir se dessiner enfin), entre mes seins débutants. Mon frère bousculait ce corps de femme qui se dépliait dans le couloir. Ce corps m'avait manqué si longtemps qu'il me manque encore parfois aujourd'hui, par échos, par battements.

Petit je me rêvais souvent fendue et je me réveillais déçu. J'étais trop petit pour comprendre, je pensais que c'était à cause de l'expression de ma mère. Elle me disait si souvent tu n'as pas de jambes, parce que j'étais maladroit. Dans ma tête de petit garçon, je me voyais alors en sirène, la petite sirène dont je réclamais l'histoire chaque soir, qui se fait fendre par amour. Je me la faisais lire et expliquer par ma mère, elle perdait parfois patience, mais alors pour aimer il faut être une femme, il faut avoir une fente, mais non que t'es bête, tu peux aimer pareil avec une sifflette, toi tu es un petit garçon, elle c'est un poisson femelle, tu comprends. Mais après, quand je serai grand, moi aussi je serai fendue. Mais non mon chéri, n'aie pas peur. Je ne voulais pas la décevoir, alors je me forçais à visualiser mon sexe avant de m'endormir pour rêver comme il faut. Une nuit j'y suis arrivé, j'ai fait un rêve de fille dans lequel j'étais une fille, mais une fille avec un pénis, un pénis de fille, pas un clitoris, une longue verge fine, translucide, une verge de jeune fille. J'ai su beaucoup plus tard que c'était un rêve de fille, quand des copines, des filles de naissance, m'ont parlé de rêves semblables.

Dans l'appart en ville je prenais corps, j'avais des amants, et surtout, surtout pour les autres j'étais la femme de mon frère, et je l'aimais si fort alors que c'était de la folie cette histoire. Il avait peur, il résistait de tous ses arguments inutiles et infantiles aux invitations de ses copains, allez viens boire un coup avec ta copine, mais quelles révisions, les partiels sont passés qu'il est con. Le pire ou le meilleur c'est quand les copains s'invitaient chez nous, quand il fallait faire semblant de dormir ensemble. Je l'aimais si fort, j'étais si bien, et lui était si malheureux, qu'une nuit je l'ai supplié de dire simplement les choses. Dans ses larmes il me disait préférer que les gens pensent ça et pas le reste, il disait ça, le reste, parce qu'il n'a jamais pu dire ni mon travestissement, ni ma transsexualité, ni ma véritable identité, parce que le reste, c'était l'impensable, plutôt crever, plutôt crever que le dire. Il pleurait si grassement que ça m'écœurait. Il était en rage d'être vulnérable.

Un soir je l'ai pris dans mes bras, je me suis aperçue qu'il ne disait plus rien. Il s'est enfoncé contre mes mousses comme il les appelait, et il a repris sa colère pleurée, tu seras jamais ma sœur, ça jamais, mais tu sais je t'aime, tu le sais que quand je te dis rien, quand je te dis plus rien, ça veut bien dire ça, quand quelque chose me manque si j'appuie dessus je comprends que c'est toi, tu me manques, tu te rends pas compte. Mon grand frère me manque. Tu seras jamais ma sœur, mais je serai toujours ton petit frère, alors ça me fait rien devant les autres de t'embrasser dans le cou parce que je le faisais bien à maman, alors c'est pas grave, ça veut rien dire d'autre.

On s'est séparés parce qu'Axel est revenu à son désir d'escalade. Il a changé de ville, il s'est s'inscrit au Greta pour valider ses compétences et passer son certificat d'aptitude aux travaux sur cordes. Je suis restée un moment dans l'appart saigné de frais par mon frère. J'ai abandonné mes études, j'ai fait des petits boulots pour ramasser l'argent de l'opération. J'ai passé tous les tests, j'ai vu les psys, et j'ai pris toute seule le train pour Bruxelles.

Quand j'ai eu ma nouvelle carte d'identité dans les mains, j'ai longtemps fixé le petit *f* et mon nouveau prénom, j'en aurais pleuré. J'ai voulu aller un jour ou deux tourner autour de la ferme du fond, marcher sur ma terre avec mes jambes, revenir fendue près du lac où j'avais été la petite sirène de ma mère.

Je suis retournée sur le plateau, je suis montée et descendue jusqu'à la ferme du fond, ils avaient vidé le lac pour le purger. C'était inespéré, hasardeux, effrayant. J'ai pris mon temps pour descendre, j'avais des chaussures de marche toutes neuves qui devaient me faire passer pour une espèce de touriste. Il faisait un temps spécial, sans soleil, sans pluie, sans vent, sans brouillard, sans neige, mais avec toutes ces possibilités retenues, supposées, dans des nuages sans direction. Les nuages, très immobiles, étaient fissurés par le soleil, par une lumière qu'on imaginait être lui, plus que fissurés, ouverts, ouverts sur une ligne à la fois boursouflée et fine, comme si les nuages avaient ce jour-là une peau tendue, éraflée à plusieurs reprises, et saignant une sorte de lymphe lumineuse, suintante, presque visqueuse, et qui faisait très mal aux yeux.

Il y avait plusieurs promeneurs, des randonneurs, des pêcheurs à la rivière retrouvée, dont les berges étaient ensablées. Du sable poussiéreux, même pas de vase, à la place de notre tourbière, à la place de notre boue gonflée d'odeurs. Je me suis assise sur ce qui restait des arbres à terre et j'ai respiré de mémoire, mais ça ne me revenait pas vraiment. Ce qui me remontait c'était juste une image, comme une photo, celle de nos bottes de pluie ou de neige laissées en vrac dans l'entrée de la maison. Peut-être aussi des sensations, les sensations glissantes de nos pas téméraires et infatigables dans la tourbe, la neige, les prés gorgés. Aux stagnations de la rivière, il y avait parfois une couche de glace pleine de feuilles et d'ombres, je marchais dedans pour entendre fondre le bruit déchiré et faire hausser jusque dans mes mollets la caresse de la boue froissée sous mes bottes.

Mon frère préférait monter au-dessus de la cuvette et se lancer dans les larges patinoires d'automne, avant la neige, quand il fait trop froid pour que ça tombe. Les courbes des champs retenaient les pluies de fin septembre et le temps glacial les figeait en les sucrant de grésil. On courait sans se méfier des vaches, sans regarder l'heure, on se retenait de justesse aux râteliers de métal en soufflant comme des bêtes, puis on reprenait notre bousculade à deux en oubliant les craintes de maman.

Je me suis relevée en voyant un de nos anciens voisins. Il m'a saluée (j'étais aussi entravée que les nuages), il s'est approché. Comme tous les vieux à souvenirs, il s'est mis à parler, parler... Il avait une mémoire engrossée de douleurs et de joies entassées, si confinées, qu'elle en débordait sur mon propre passé. Il m'a d'abord montré les nuages en m'interrogeant sans question sur le temps qu'il allait faire, puis il m'a raconté l'histoire de ma famille en reprenant depuis des temps que je croyais avoir oubliés. Il mimait, avec de larges gestes exagérés, comment mon père faisait rouler les grumes du haut du vallon jusqu'à la ferme (on l'appelait la ferme du fond bien avant la montée des eaux, vous savez, parce que, voyez, elle est juste en plein dans le creux). J'ai compris qu'il ne m'avait pas reconnu. Je savourais cet accent, son accent, mon accent mastiqué par ce vieux, j'en aurais ouvert la bouche en grand. Pour le boire, le gober, le reprendre. Le tracteur, vous comprenez, il pouvait pas tirer les troncs jusqu'en bas, c'était pas commode, ça s'embourbait, ma pauvre, alors il les déchargeait au bord du chemin en haut (il me montrait le chemin, je devançais son regard). Il les poussait, ça roulait avec un de ces vacarmes, vous imaginez ça. Je n'imaginais pas, non, je me souvenais. Je me souvenais des roulements énormes et graves des troncs nus, puis de l'aigu de la tronçonneuse qui résonnait, et des tas énormes de stères bâchés le long des murs. Mais je ne me rappelais pas avoir eu une hache ou un merlin en main, c'était dans la liste de mon frère, faire le bois. Découper, fendre, transporter, ranger.

Mon père le prenait même parfois à la coupe, pour abattre les arbres et débiter les troncs. Mais moi non, j'étais bien trop maladroit, et maman avait besoin de moi à l'intérieur.

Eh oui, comme ça (il continuait ses gros gestes), et puis après il fallait les découper et puis les fendre, les transporter, et les ranger devant la maison. Qui se chauffe au bois se chauffe... Il y avait les trois poêles à garnir, plus la cheminée de la cuisine, la cuisinière à bois (il fallait refendre en petites bûchettes, ça on me laissait le faire).

Devant la porte bleue de la grange, la sciure mêlée de boue se figeait aux premières gelées, et donnait à notre cour de terre battue une texture fragile et crue de papier mâché, que je repassais distraitement avec mes bottes quand je m'ennuyais à bouder dehors. Je piétinais d'une rage calmée notre terre croûtée de glace, et ça me faisait réfléchir doucement, mais je sais plus à quoi.

Vous connaissez pas ça, vous les jeunes, vous vous chauffez au pétrole, mais du pétrole y'en aura bientôt plus, moi je vous le dis (avec l'accent).

Il s'est repris et m'a montré la porte bleu-gris de la grange, celle que mon père avait fabriquée avec des bouts d'avion. Il m'a demandé si je savais en quoi elle était faite, j'ai menti que non, juste pour l'entendre me raconter cette histoire dont on était si fiers. Pendant la dernière guerre un avion s'était écrasé juste à côté de la ferme, c'était pas hier, hein, c'était du temps des grands-parents. Les grands-parents ont découpé l'avion pendant des semaines, et personne n'a touché aux morceaux pendant des années. Il m'a expliqué comment mon père, presque sans y penser, avait rafistolé une vieille porte avec des bouts de l'avion. Il était tout content, on aurait dit qu'il admirait mon père à reculons. Il s'est tu un petit moment avant de me dire que y'en avait des histoires, à propos de cette maison, y'en avait, ma pauvre, si vous saviez.

Il a voulu m'en dire encore quelques-unes, mon écoute méritait bien un petit coup à boire, si, ça me ferait plaisir. En revenant vers le hameau en voiture avec lui, j'ai regardé les gens de face, et personne, personne ne m'a reconnu. Je suis entrée au bar. Je retrouvais presque tout et tout le monde, et ce monde de mon passé me regardait en étrangère, mais avec une sorte de bienveillance que je ne lui connaissais pas.

Je suis retournée prendre ma voiture et j'ai conduit jusqu'au village.

Au village on ne m'a pas reconnu non plus. J'ai pris une chambre à l'hôtel et j'ai joué à ça, à l'étrangère. J'ai joué à l'étrangère qui aimait la montagne et cherchait du travail, et comme j'avais quand même un peu l'accent, un nom qui en rappelait un autre (vous êtes parente avec ceux de la ferme du fond ? Non ?), la communauté des communes m'a embauchée, et même logée, presque tout de suite, près du parc municipal. Je suis revenue un mois après comme prévu avec mes valises. J'ai emménagé dans un appartement au-dessus des balançoires.

Tous les matins l'épicière s'inquiétait, quand je prenais mes œufs et mes yaourts. La neige, la neige c'est rien, mais c'est le vent, ma pauvre. Tous les matins quand je faisais mes courses elle me trouvait (par avance) courageuse, et même, souvent, elle me trouvait matinale (et quand elle prononçait ce mot, c'était avec admiration).

Je fais la navette depuis tout ce temps. Entre eux, rarement devant moi, les gamins m'appellent la chauffeuse, mais c'est même pas péjoratif. Je suis la chauffeuse d'ici, la chauffeuse de leurs grands frères. Dix ans déjà à peu près. Seule ici. Quand j'ai des ennuis ou des aventures, des histoires, des amants, c'est toujours en bas. En haut je suis seule, mais pleine.

Je me suis remplie du paysage, à nouveau. Je contiens mon pays, il me comble, il me suffit.

Je vis depuis dix ans dans le mensonge des montagnes, mais pas vraiment. Passés depuis longtemps les premiers regards et les derniers commérages, je me sens acceptée, on m'appelle par le prénom que je me suis choisi il y a longtemps, dans ce livre qui parlait d'inondation. Je suis celle que j'ai toujours été, simplement je ne peux pas le dire.

À l'hôpital, avant-hier, je réfléchissais à tout ça, et j'ai pensé que tout le monde allait s'interroger, maintenant, dix ans plus tard. Qu'on allait se poser des questions, des questions sur mes rapports avec Axel, l'enfant orphelin du plateau revenu s'y blesser dans les travaux de confortement (c'est écrit dans le journal de la semaine dernière).

J'ai refermé le journal. Mon frère semblait vraiment fatigué.

Ça va se savoir tout de suite, que je suis descendue le voir à l'hôpital, et comme on s'appelle pareil, je sais que ça va supposer à toute vitesse et de partout.

Hier les gamins ne m'ont rien dit, mais ça ne va pas tarder, c'est sûr. Je regarde Nielle et Sylvain en moitié dormir, se taire. Je ne vois plus le chasse-neige, mais je suis bien calée dans sa trace, j'ai confiance.

Mon frère dimanche s'endormait. Je le veillais en vraie grande sœur. Il somnolait comme on dort à l'hôpital, dans un rythme spécial d'horloge décalée. J'adore les hôpitaux, je les trouve confortables, je m'y suis toujours sentie tranquillisée, même à la mort de maman. C'était ici d'ailleurs, et j'ai eu honte de cette impression de réassurance. Je n'ai jamais été bien correcte. C'est ce qu'il disait, mon père, quand il me surprenait en train de mettre les habits de maman, ou même de mémé, il disait que je méritais des corrections, mais maman répondait laisse, ça lui passera avant que ça te prenne, et il ne m'a jamais frappée.

Mon frère a ouvert les yeux, je lui ai demandé s'il était bien, il souriait et rougissait en me disant qu'il se sentait rassuré sans savoir de quoi, et comme je souriais aussi, il m'a rappelé ce que je savais déjà, que maman était morte, qu'elle était dans cet hôpital.

Il faudrait aller voir papa un peu plus souvent, tu crois pas, depuis quand t'y es pas allée ? J'ai hésité. Je ne savais plus trop, par moments égarés, si mon père était encore vivant. Axel m'a regardée presque effrayé et puis, j'allais peut-être le prendre mal, mais depuis le temps que c'était dans sa tête, ce bébé, c'était pas un embryon comme tous les autres, tous ceux qu'elle a perdus, tu te souviens comme il était gros ? J'ai dit non, de ça je ne veux pas en parler, ah oui ça c'est tabou, pour toi qu'es si libérée (il insistait sur le *e* final). Arrête Axel. Non je vais pas arrêter, non j'arrêterai pas, et pour une fois c'est toi qui va regarder les choses directement, comme elles sont.

Il se taisait soudain, parce que j'avais frémi quand il avait dit les choses à la place des corps (des embryons, du fœtus), de nos petits frères et sœurs, de nos petits frères ou sœurs, du corps de maman, de son ventre variable (élastique, flasque), combien de grossesses on n'a jamais bien su, y'en avait eu avant et après nous, y'en avait eu tellement, et seulement nous, seulement deux enfants vivants.

Mon frère a repris doucement, presque tendrement, tu sais j'ai longtemps cru que c'était pour ça que tu... enfin tu sais bien, mais j'ai compris que non, ça n'avait rien à voir, je suis pas aussi con tu sais, je suis pas aussi débile que tous ceux qui font des raccourcis de psy à deux balles, je sais bien que ça n'a rien à voir, maintenant. Il me regardait avec complicité et défiance. Mais tu peux pas dire que ça nous a pas construits, détruits, j'sais pas, ça nous a faits, en tout cas, on est faits de ça, toi et moi, et moi, moi je veux savoir si celui-là, le dernier, je veux savoir si c'était une fille ou un garçon, parce que ça l'a tuée, maman, mais lui aussi, elle, je sais pas, il est mort aussi, alors qu'il était viable j'en suis sûr. Pourquoi on sait pas si c'est un frère ou une sœur. Pourquoi on l'a pas enterré. Pourquoi on l'a jamais dit, qu'il y était pour rien, que c'était à cause de personne mais à cause de cette ferme pourrie du fond, à cause de la neige et de la tourmente. Tu te souviens comme il tourmentait ce jour-là, dans ce pays bouseux, ce plateau de merde qui tient plus debout que par des filets ASM, que putain on habitait trop loin de tout, on aurait dû appeler l'hélico, y'en avait trois vendredi, pour un doigt, y'en avait trois, t'as pas entendu le bordel que ça faisait dans les gorges et sur tout le plateau, t'as pas entendu, t'étais sourde ?

J'essayais de répondre dans les larmes et la morve, mais c'était pénible à cause de la mémoire remontante, si glaireuse, collante de tout ça, une mémoire de neige de printemps, une bouillasse glissante et dangereuse et grise, et d'ailleurs quand on dit chez nous la neige de printemps on sait bien ce que ça veut dire, parce que le printemps c'est juste un hiver moins rude et donc plus enneigé, plus venteux encore, juste un peu moins froid. C'était au printemps que maman est morte, c'était au printemps que maman a accouché, elle est pas morte à l'hôpital, elle est même pas morte pendant le trajet, on l'a emmenée deux jours après ici pour je sais pas quoi, une autopsie sans doute.

Quand elle saignait c'était dans une tourmente, tu l'as dit toi-même, tu t'en souviens et pourtant t'avais quel âge ? Y'a pas de chasse-neige de printemps qui puisse assez vite ouvrir la route, la neige elle colle trop, les fraises elles sont encore plus lentes, et comment tu voulais que les hélicos puissent voler et se poser dans cette tourmente, à la ferme du fond ça tournoyait trop, tu sais bien, on l'appelait même le cyclone, le lac, quand il y était pas encore, on disait j'habite à la ferme du fond, dans le cyclone.

À ce souvenir mon frère souriait, quand on était fiers petits garçons d'habiter dans le cyclone. Il n'a pas pleuré depuis son accident. Il était prêt à le faire avant-hier, mais les larmes se sont retirées par en dedans, et puis les miennes suffisaient. J'ai bien pleuré pour deux et même pour trois, alors on s'est mis à rire, à rire comme des tarés, et je me disais que rire autant et ensemble dans la mémoire de ce que les gens appellent le malheur, ce devait être ça le talent de la fratrie, le talent d'être frère et sœur.

Je me le disais, mais je ne le lui disais surtout pas, je me le disais pour moi toute seule, je me le disais dans son rire, dans le rire de mon petit frère qui relevait son index empaqueté parce que ça le lançait un peu, et ce geste relançait nos rires, tellement quand même c'était énorme trois hélicos pour un doigt.

Marie est la dernière à monter, et la première à m'apporter, toute fraîche et mouillée, la rumeur de mon frère. Adèle, c'est vrai que tu connais Axel ? Tu le connais d'où ? C'est vrai que tu as le même nom ? C'était ton mari ? Ma mère elle dit que ça faisait dix ans qu'il était pas revenu. Ils s'y mettent tous, superposant les rumeurs et les préoccupations éparpillées de leur adolescence. Ouais il travaillait jamais par ici. Il paraît même qu'il refusait quand c'étaient les chantiers du plateau, parce que sa mère, elle s'est noyée dans la retenue d'eau. Mais non, t'es con, elle est morte avant. N'empêche qu'après le barrage, ils nous ont mis les éoliennes. Les plus grands commencent à se traiter sur les moulins à vent, et voilà, ça y est, ils se détachent et sont debout, les contre et les pour.

Je m'arrête.

Marie et Marine les observent, incrédules et amusées, un peu inquiètes à cause de l'heure. Nadège à ma droite est lasse et souriante. Je la regarde, elle me fait signe de laisser tomber, mais je peux pas conduire quand ils sont détachés.

Leur dispute de mâles matinale prend des prétextes d'adultes, des analyses géopolitiques. Ils défendent leur territoire. Les lacs sont artificiels, mais pas tous, les barrages étroits, les gorges verticales et les sucs ovales, le plateau si long, les éoliennes démesurées, mais combien de filles dans le périmètre.

Julien est en colère, sa glotte descend et remonte. Il est debout face à Joël. Leurs guerres me fatiguent, elles remontent à chaille, du temps des anciens, bien avant le barrage. Les filles ont toujours été habiles à renifler ailleurs, à s'inventer de nouvelles topographies.

Marine et Marie regardent leur montre dans un même mouvement anxieux, mais les garçons, pris dans mon silence, regagnent leur place.

Je redémarre avec précaution parce que ça tombe, ça tombe, et je ne devine maintenant plus qu'à peine la bande creusée par l'étrave du chasse-neige, pourtant je sais qu'il est pas bien loin devant.

Les phares donnent des couleurs arbitraires aux arbres. Le brouillard est si têtu, comme si avec la neige et le vent de la nuit ça ne suffisait pas, je n'y vois rien, et pourtant il va falloir continuer, on dirait que toutes les intempéries se sont concentrées après le retour du vent. Et les gosses en rajoutent. Marie me demande pourquoi y'a pas la déviation d'hiver, à cause de l'effondrement ? Ils veulent plus qu'on passe par en dessous, tu crois que là-bas aussi ça va tomber, mais le col il sera déneigé ? Pourquoi ils le font pas le tunnel ?

Je me retourne vers elle, fais-moi confiance, on se calme, on le suit le chasse-neige, parce que s'ils se mettent à parler du tunnel, je craque.

Le tunnel et les loups, ce sont leurs plus grandes disputes. J'entends Sébastien réclamer des pelles et Nadège dire que le jour où on saura quelque chose de mon histoire, Nielle aura de la barbe et Sylvain sera sorti de sa capuche. Sylvain répond, ouais, ce jour-là on saura pourquoi il est revenu à la rentrée, le type de la route, et pourquoi depuis on le voit plus.

(vers l'école)

La neige et le vent se sont retirés, je pourrais même pas dire quand, comme ça, pendant ma pause, et tellement petit à petit que je m'en suis pas rendu compte. Des blocs de soleil levant prennent place sur les falaises, au-dessus des gorges. C'est un lever de soleil qui a l'air d'un coucher, et je peux me vider le regard un peu, avant d'aller au bord des fermes me frotter les nerfs à l'inquiétude des mamans.

La sorcière n'accompagne jamais Lise et Minuit. Je n'ai pas le droit, même par route sèche, de conduire dans le chemin jusqu'à leur maison, pour raisons de sécurité. Les enfants font à pied les deux bornes jusqu'à la route plus ou moins déneigée. Ils m'attendent au pied du mont comme leur grand frère, et quand le brouillard est plein, quand le brouillard l'oblige à regarder la neige par terre, ou quand il tourmente trop, Lise m'a dit l'an dernier, pour ne pas me perdre, je mets mes pas dans les traces de mon frère jusqu'à l'arrêt de la navette. Et Minuit marche dans les miennes, mais en me tenant le manteau.

Les traces on adorait les retrouver, mon frère et moi. Surtout celles qui avaient plusieurs jours. Certaines fins de matinée, la neige adoucie coulait dans le creux. Dès le soir l'eau déposée gelait, mais pas au fond des pas, juste au milieu, et se transformait en fine lamelle de glace, un hymen transparent, que je prenais un plaisir et un temps fou à rompre de nouveaux pas.

Lise attache Minuit et file à l'arrière pour se mettre dans le soleil. Le trajet de la navette est tout en courbe, mais il reste presque toujours horizontal, et suit plus ou moins les directions opposées au soleil. Le matin vers l'ouest, et le soir vers l'est, enfin pas tout à fait, ça dépend de la saison, mais ce matin, mon itinéraire correspond aujourd'hui, minovembre, à l'idée pile de s'éloigner du soleil à l'heure des petits. Lise regarde à l'arrière, se goinfre du lever de soleil, et comme elle est presque rousse, la lumière s'engouffre partout. Cet après-midi elle se mettra dans le coucher de la même façon, dans l'épais soleil, qui engraissera son visage de rouge, puis se retirera de ses joues pendant que je les ramènerai chez eux. Pour le moment le soleil encombre le rétro, je ne peux pas regarder dedans. On suit la ligne de partage des eaux, et c'est marrant, le ciel et la terre sont aussi comme séparés : devant nous la nuit gris sombre, massive, et derrière, des couleurs à s'en écœurer, et d'ailleurs Lise à vouloir tout voir a la nuque renversée, elle va vomir c'est sûr.

Je fais le tour du mont pour prendre Thierry, le petit frère de Nielle. Le soleil change de côté, puis se place à nouveau dans la peau de Lise. Thierry s'assoit près d'elle, grimace. On perd le soleil un moment, en descendant légèrement sur quelques kilomètres, et comme on remonte il n'est plus levant mais pris déjà dans les pales des éoliennes. Je sors mes lunettes de soleil en disant bonjour aux deux frères, Tom (CE2) et Bruno (grande section). Ils montent : ils me montrent des araignées de neige tissées dans leurs mains, amusés du jeu des lumières sur la moindre brindille.

Les poteaux de neige ont cette barbichette de glace des lendemains de brouillard givrant et venté, et de tous ces tracas météo de tout à l'heure, c'est presque frustrant, il ne reste que ces postiches ridicules autour des tiges orange, et les quelques commentaires des mamans, ce que c'était mauvais à la traite ce matin. Et vous, vous vous en êtes pas trop vu avec les grands ? Ce que c'était mauvais.

Quand j'avais peur du noir, ce noir épaissi par la cuvette autour de la ferme, et que je ne voulais pas aller attacher les chiens ou vider le compost (c'était dans ma liste), ma mère me disait, allez, courage, il faut lui faire peur, au noir, et t'auras plus peur, toi. Alors j'avançais en menaçant la nuit, mais en plein été elle était si compacte et surtout si pleine de choses qui bougeaient. Les gentianes en vie gonflaient leur bleu sombre vers le noir, elles me paraissaient trop vivantes, elles s'agitaient et non, j'avais trop peur. Je revenais en courant et je savais plus où je l'avais fait tomber, le seau du compost.

Ce matin j'étais sereine, je n'ai plus peur de la nuit depuis longtemps, d'ailleurs je préfère la neige de nuit à la neige de jour, elle est moins orgueilleuse. Je roule dans la neige, le vent, la pluie, le brouillard ou le soleil, le froid parfois m'oblige à forcer le moteur, je brave les éléments comme on dit, et je fais l'admiration des mamans.

C'est vraiment bête et irresponsable, mais j'aimerais bien un jour comme mon frère être en dedans d'une catastrophe, dans un événement de la montagne. J'aimerais être à l'intérieur d'une grande tempête, une tourmente qui me mette en panne, et il faudrait appeler les secours, et tout.

Les jumeaux montent soudés et silencieusement boudeurs.

Je roule avec facilité. Sous le châssis j'entends les craquements mats et rassurants de la pouzzolane dispersée de frais.

Les bourrasques ont laissé des images en léger relief dans les prés, par endroits des diagonales bosselées sur la route, mais aucune vraie congère jusqu'à l'école. Juste un trajet plein, et mes pensées attentives aux enfants, aux arrêts, sans digression.

Lundi 5 décembre

(vers le collège)

Nadège me dit bonjour en me regardant par en dessous, le visage tiré par un sourire exagéré. Je lui réponds. Elle se place à côté de Sylvain et continue à me regarder. Je soupire, elle abandonne. Je me demande si ça se voit tant que ça. Hier mon frère m'a regardée étrangement, pareil, par en dessous, quand je suis allée le voir chez lui, dans la ville en bas.

Ce type je l'ai rencontré sur la place du village, samedi, et on ne s'est même pas parlé, à part bonjour, bonsoir, alors je ne sais pas ce qu'ils peuvent bien lire sur mon visage. Quoi ? Mais rien, rien. Mon frère hier niait, mais non, et souriait, avant de changer de conversation. Je lui aurais mis des baffes. Quoi ? Rien, Adèle, j'ai rien dit.

Je redémarre de mauvaise humeur. Je m'inquiète pour Axel, pour ses journées à rien faire, à part aller chez le kiné. J'ai peur qu'il n'arrive pas à se débrouiller. Je lui ai préparé des petits plats pour la semaine. J'irai le voir encore le week-end prochain, si les routes sont pas trop empêchées, il faut bien deux heures par route sèche, alors en ce moment. Il n'a pas l'habitude, chez lui il n'y était presque jamais, il enchaînait les chantiers. Quand je suis entrée hier je me suis effrayée de ce studio inconfortable. Je voulais le prendre chez moi mais il a posé l'argument imparable du kiné spécialisé qu'on ne trouve qu'en ville, en bas.

Je m'inquiète, mais je peux pas me retenir de penser au chasseur, et d'en être absurdement heureuse.

Sur la place samedi vers cinq-six heures, je revenais du pain, un Briard lourd et tiède de la deuxième fournée, j'étais dans ma fin de journée sucrée et chaude, moelleuse, et je l'ai vu, droit, souriant. Il était pas comme les autres. La nuit était légèrement en avance. Il se tenait à part des groupes contre un des pick-up. Je savais qu'ils revenaient tous de la battue, chevreuil ou sanglier aucune idée, je m'en fous, ils étaient bruyants, ridicules comme d'habitude. S'il n'avait pas eu lui aussi le gilet orange et cette attitude pénible, je me serais persuadée qu'il n'en était pas, parce que moi, les chasseurs, non.

Nadège essaie de convaincre Sylvain de lever un peu sa capuche et lui chuchote quelque chose dans la nuque. Je me demande bien lequel elle finira par choisir, Joël fait semblant de regarder ailleurs, et Nielle a l'air de celui qu'elle n'a jamais intéressé, mais c'est impossible. Soudain je me fais cette impression décourageante d'en être là moi aussi, amoureuse comme une adolescente, amoureuse à me faire mal, comme à quinze ans, d'un petit con de chasseur.

Il m'a regardée longtemps avant de me dire bonsoir, je crois, et j'ai répondu de travers, ça m'arrive souvent quand je devance les questions. Je devine qu'on va me dire bonne nuit, alors je dis merci vous aussi, et ça fait débile parce qu'on m'a dit à demain. Je ne me rappelle pas ce que je lui ai répondu à côté samedi, mais je sais que mes mots sont tombés par terre, et que ça l'a fait rire. Il était beau dans son rire et son gilet.

D'y penser me rend la route très inconfortable. La neige de nuit ce matin elle m'énerve, je passerais bien par les gorges malgré l'interdiction. Je sais qu'elles sont ouvertes avant 8h, après 17h, et le week-end y'a même des camionnettes qui les prennent, j'en ai croisé hier en allant voir mon frère, alors pourquoi pas mon petit fourgon. Il fait tellement doux aujourd'hui et gris que si ça se trouve il va pleuvoir sur la neige, ça va être la patinoire, au moins dans les gorges ça glisse moins.

J'ai un autre problème avec les bonjours, c'est que je ne sais jamais à quelle heure les bonsoirs commencent, je m'y prends toujours trop tôt ou trop tard. Si je croise quelqu'un dans l'après-midi, je me trompe à chaque fois, et on me répond bonjour ou bonsoir, enfin, celui que je n'ai pas dit. C'est peut-être ce qui s'est passé samedi.

Voilà, il pleut, qu'est-ce que je disais. Oh là là, t'es de mauvaise humeur Adèle, aujourd'hui. La bouillasse, ça va être.

Demain si le froid revient la neige gonflée d'eau gèlera, on pourra marcher dessus sans raquettes, et ça fera un gros bruit arraché.

En attendant c'est la bouillasse, comme au printemps.

Il paraît qu'il n'y a pas de printemps ici, que le printemps c'est juste plus de neige dans des jours plus longs. Moi je crois que le printemps, il vient en pointillés, dans les redoux imprévisibles de l'automne, dans les coups de froid de l'été. Les écarts de température sont de plus en plus fréquents, les grandes sécheresses fragilisent les roches, l'alternance de gel et de dégel fait bouger les sols, la fréquentation des routes amplifie les vibrations, la montagne s'effondre, et avec tout ça, on sait même plus comment s'habiller.

Dans son gilet orange j'aurais dû le trouver ignoble. Je les aime pas les chasseurs, et pourtant je sais les battues nécessaires, et je le ferais pas à leur place. Ici les chasseurs prennent même la peine de toquer aux maisons, aux fermes isolées le soir, pour prévenir de leur présence à l'aube, et toute la matinée du lendemain, à la lisière de la forêt, ou dans le champ de machin, je vous le dis pour les gosses. Mais j'aime pas les armes, j'aime pas leurs regards satisfaits, repus, et lui il avait l'air comme ça, rassasié.

Je suis passée tout près, il m'a dit bonjour (ou bonsoir) en ramenant une bâche lourde et sonore sur un corps qui m'a paru énorme à l'arrière du pick-up. C'était volumineux, en y repensant, pour un sanglier ou même un chevreuil. Je me demande si les jeunes cerfs y passent pas, de temps en temps, dans leur champ de tir, quand ils enlèvent leur gilet pour s'enfoncer dans les bois.

C'est vraiment de la gadoue blanchâtre maintenant, j'ai demandé aux troisième de se taire pour que je puisse me concentrer sur ma conduite, comme si c'étaient leurs négociations autour d'une puce de portable qui encombraient mon impatience. Je suis trop nulle, pleine de son rire, de sa voix, de son geste pour couvrir la bête. Ce souvenir de rien du tout (combien de temps, une ou deux minutes même pas) se retrousse dans mon ventre et mes cicatrices se rétractent, presque complètement resserrées. Je l'imagine épaulant son arme dans un temps ralenti. Mes cicatrices dessinent les grandes lèvres et depuis dix ans elles sont toujours sensibles, pas douloureuses, mais plus sensibles que des lèvres de fille ordinaires, quand le désir les contracte. Je me sens éternellement convalescente, jeune opérée.

J'avais pris beaucoup de calme aux soins post-opératoires. Ils m'occupaient chaque jour au moins deux ou trois heures en tout. Je les faisais patiemment, je me sentais excessivement sereine. J'essayais de ne pas toucher mon clitoris, un reste du gland préservé et innervé. Il se faisait si amèrement sentir que mettre des jeans m'était difficilement supportable. Les exercices de dilatation avec des godes chirurgicaux étaient assez désagréables, mais j'avais rencontré chez le kiné une jeune maman avec qui j'étais devenue copine, et j'aimais bien la retrouver. Je lui parlais de ma seconde naissance. Elle me racontait sans pudeur son épisio ratée, sa colère, ses problèmes de relation avec le bébé, le père inutile, le grand frère inquiet, tous les soucis sans fin des suites de couches. Je la surprenais en train de faire des petits crobards. Elle refermait vite son cahier en rougissant. Un jour elle m'a avoué qu'elle voulait écrire un roman, mais que ça devenait toujours une BD sans bulles. Mes mots sont introuvables. Elle disait mes mots je ne les trouve pas, comme si elle savait plus où elle avait bien pu les ranger. Elle pleurait à mon histoire, je m'étais confiée totalement, elle était si nature, fraîche, blanche et brune, belle, sincère. Je sentais qu'elle pleurait sa propre histoire en écoutant la mienne, et ça nous faisait tellement de bien à toutes les deux, ces pleurnicheries intimes.

La pluie s'accélère mais j'ai retrouvé la route départementale, mieux déneigée. Je n'arrive pas à séparer un faible sentiment de honte, remonté de je ne sais où en moi, d'une sorte d'excitabilité exacerbée, une émotivité d'un autre siècle. Un siècle longtemps en arrière, qui déposait en nous tout autant de souffrances et d'émotions qu'aujourd'hui, mais dont les usages interdisaient à ce point d'en parler que les jeunes femmes s'évanouissaient à la moindre sensation nue. Il me semble disparaître, comme elles, dans le retrait venimeux de mes cicatrices, au souvenir bruyant de la bâche rabattue sur un bonjour ou un bonsoir dérisoire.

Non, c'était pas dérisoire, parce qu'il m'a regardée longtemps, parce que l'écho de la bâche pulse encore anormalement dans mes cuisses. Et cet écho me rend le corps à nouveau très malajusté, comme à mon adolescence, ça me tire.

Hier Axel avait la voix trop haute, mais je n'osais pas lui demander de baisser d'un ton. Avant il refusait de me parler, et depuis son accident je suis devenue sa confidente, alors hier, son sourire à la con, j'ai fait comme si je l'avais pas vu, et quand il s'est mis à parler trop fort, j'ai rien dit. Je ne voulais pas risquer un nouveau silence de plusieurs mois ou de plusieurs années juste parce que je déteste, mais je déteste, qu'on crie.

Il ne savait faire que ça, crier, quand après une ou deux saisons de silence et de lettres bruyantes, il venait me harceler. Il me harcelait pour me dissuader de me faire opérer.

Il était revenu sans prévenir un après-midi dans l'appart juste avant mon départ pour Bruxelles. Je lui avais pourtant écrit que je ne voulais pas le voir. Il me faisait peur. J'avais prévenu mon copain du moment, qui se tenait prêt à intervenir si je lui téléphonais. Mon frère et moi, on ne s'était pas vus ni parlé au téléphone depuis plus d'un an, il m'écrivait des lettres immenses qui me rendaient toute menue, qui me réduisaient à une douleur pure et crue, insoutenable. Je les lisais toutes pourtant, je m'infligeais cette lecture, elles étaient longues et régulières. Elles me faisaient très mal, et pourtant parfois rire, quand il refaisait l'histoire de la psychiatrie pour argumenter. Il voulait me ranger dans une case un peu plus convenable pour lui. Dans certaines lettres il essayait de me faire avouer que j'étais un homosexuel refoulé, impossible pour lui de séparer identité et sexualité. Quand il écrivait ça, tu es un homo, je me voyais coucher avec une fille, ça me laissait perplexe. Je comprenais alors qu'il était complètement à côté, puisqu'il me voyait garçon couchant avec un garçon, quand j'avais déjà de si beaux seins, et le geste qui va avec.

La veille de mon opération, il s'agitait dans le crépuscule autour de ma petite valise posée sur le canapé. Il me suppliait de ne pas le faire. Il était perdu dans sa vie et ses souvenirs, il était enfermé dans ses raisonnements inutiles, il me parlait de papa qui ne nous reconnaissait plus, il voulait pouvoir encore me reconnaître. C'était lui pourtant qui n'avait jamais essayé de me comprendre, de savoir qui j'étais vraiment.

Je le regardais comme s'il m'abandonnait.

Cette opération toute proche faisait s'enfler une différence entre nous qui existait depuis toujours, un malentendu inaudible dont j'entendais pourtant par échos des bruissements, des résidus. Ils me blessaient et m'effrayaient en retard.

Notre adolescence s'était mal passée, et pas seulement à cause de la mort de maman et du laisser-aller de papa. Elle s'était mal passée entre nous. L'adolescence nous a séparés. Je voulais parler de mon corps détesté, je ne pouvais pas, alors je me taisais. Il jouait au petit mec et ça me bloquait totalement, ça me laissait dans un désarroi muet, sourd à ses propres questions. J'étais terrorisée, immobilisée par la peur de ne pas être comprise, et je crois que lui souffrait de mes silences.

Il parlait, parlait, presque dix heures déjà qu'il me harcelait, il fallait que je dorme avant de prendre le train. Je n'écoutais plus, j'avais la certitude d'avoir perdu mon frère il y avait très très longtemps, je l'aimais tant, j'aimais quelqu'un qui avait disparu.

Il me disait si tu fais ça, je n'aurai plus de grand frère.

Tu m'écoutes ? Moi j'ai voulu faire ce boulot pour être seul, tu comprends, être inaccessible, voilà, inaccessible, parce qu'à trois cents mètres en l'air personne vient te tourner autour. Mais ils te surveillent. De loin, toi tu peux pas les voir. À la jumelle, l'autre là, il nous regardait à la jumelle et il savait ce qui allait se passer. Mais non. Mais si, j'ai déjà discuté avec des types comme lui, tu sais, je parle souvent avec eux, j'ai besoin de comprendre ce qu'ils me font faire. Par exemple pourquoi seul le vent du sud décroche tous ces petits cailloux dans les gorges, comment ils en entraînent de beaucoup plus gros, je veux savoir tout, tout le temps. Mais ces mecs, y'en a pas un qui monte, pas un. Ils prennent leurs photos d'en bas, ou alors en hélico, ils les rentrent dans les ordinateurs, font leurs petits calculs, dessinent les points d'ancrage. Enfin, les points, ceux des confortements, parce que les points d'amarrage, les goujons, l'équipement des accès, ils les prévoient pas toujours, et même pas souvent, surtout quand on peut pas passer par le haut de la montagne, ça, ça les ferait trop forcer. Et voilà, impression, distribution des schémas, photocops dans le carnet de chantier, débrouille-toi. J'en ai connu qu'un, de géologue cordiste, il faisait ses marquages à même la roche. Mais tous les autres, ils te regardent à la jumelle. Dans leurs bureaux d'étude c'est pire, ils ont pas une vue assez générale, ils font leurs gribouillis, 5 m^3 à miner par ici, 10 à soutenir par là, alors que le bloc il fait genre 50 mètres de large, eux ils voient pas la petite fissure à gauche, ils font pas le lien avec le déséquilibre du bloc, et tu sais pourquoi, parce qu'ils sont pas suspendus en face, parce qu'ils sont pas seuls, dans le froid et les rafales de vent, quand t'es même plus sûr que la corde passe dans le clou. Quand tu doutes de la ligne de vie que tu as toi-même mise en place. Y'a des endroits, des fois, personne n'y est jamais allé, tu comprends ça ? Les conducteurs de travaux c'est pire, c'est que des commerciaux, ils vendent leur chantier, c'est tout. Le chef de chantier il était pas là. Et l'autre fois, ce petit con, là, le petit jeune, il avait la flemme, il a voulu gagner du temps et de l'énergie, et voilà. Mais de quoi tu parles, Axel, de quoi tu parles ? L'autre fois, parce que là, pour moi, c'est rien. C'est spectaculaire, mais c'est rien.

L'an dernier on a perdu un mec, connement, il s'est fait massacrer par une pluie de blocs, il est passé en dessous d'une purge parce qu'il avait la flemme de faire le tour, tu te rends compte ? Ouais, le géologue il y est pour rien, d'accord, mais quand je vais moi-même marquer sur le carnet de chantier les 8 mm d'écart avec le prisme, ça le fait rigoler, ça le fait pas évacuer la zone. Il reprend ses jumelles, comme si on était des oiseaux.

Axel a baissé la voix, il semblait épuisé, il me regardait maussade parce que je souriais, mais j'étais tellement contente d'être à son écoute, et ça me faisait étrange d'imaginer mon frère encordé, observé à la jumelle par une sorte de supérieur un peu voyeur, un peu gardien, un peu ornithologue.

Il était torse nu, magnifique, c'était la première fois que je voyais le haut de ses hanches depuis l'été de l'arbre en feu. L'été de notre départ de la ferme.

Quand on était ados son corps me troublait, il m'arrivait de le mépriser pour ça. En revenant de l'étable un soir il avait enlevé son pull devant la cheminée. Ses épaules, qu'il chauffait en se penchant comme s'il se laissait tomber dans les flammes, déformaient un tee-shirt trop étroit. Sa nuque basse était toute versée, il avançait son visage dans l'orange. Je ne supportais pas de le voir, de voir ce que j'allais devenir, ce que j'aurais déjà dû être (papa plaisantait de mon retard). Je me souviens m'être levée mettre la table en le poussant pour passer.

Le soir à la ferme je lui disais bonne nuit de dos, et j'évitais de me tourner vers son lit. Je ne partageais jamais la salle d'eau.

Je ne voulais pas m'habituer à son corps d'homme.

Quand j'étais enfin prête à le faire, en ville, quand j'avais enfin le mien, de corps, c'est lui qui est devenu farouchement pudique.

Dans notre appart, il ressortait de la chambre me jeter un soutien-gorge oublié en me disant putain laisse pas traîner ton linge sale.

À l'internat on n'a jamais été dans la même chambre, et je redoutais les week-ends et les vacances à cause de cette chambre à deux de notre enfance.

Ma dernière année de lycée, la première pour lui, on s'est préoccupé d'autre chose. Papa s'oubliait. Plus il s'oubliait, plus maman nous revenait, parce qu'on se souvenait alors qu'elle manquait. J'étais formé, mais je refusais tellement ce corps que je restais fluet, rêveur, comme à côté de moi-même. La mémoire de maman dans les oublis de papa nous montait de plus en plus à la tête. On en parlait en cachette. On ne rentrait pas souvent à la ferme. J'avais presque perdu mes habitudes de distance avec le corps de mon frère, la manie panique de rester en retrait, quand il m'est revenu en feu.

Le dernier été, pendant la montée des eaux, juste avant notre déménagement, on a voulu faire une fête, un barbecue devant la maison, au bord du début du lac. J'avais tant de choses à fêter, des tristes et des pas tristes. Mon bac, notre départ pour la ville, et ce qu'on appelait pudiquement, avec des pincettes, la solution de papa. On aurait dû dire la solution pour papa, mais il fallait qu'il reste jusqu'au bout celui qui décide, le père, alors on préférait dire ça, la solution du père.

On s'était installés avec des amis, quelques lointains voisins et papa, autour de tréteaux près de l'eau, cette eau montante dont on aimait titiller des orteils les vaguelettes.

Papa est rentré se coucher assez tôt, dès le début de la nuit. Il nous a demandé de faire attention au barbecue, parce qu'à son avis il était trop près de l'arbre mort. Et comme l'arbre mort était contre la maison, et que pour l'instant, la maison, elle était pas encore sous les eaux, il voulait pas la voir dans les flammes. Oui, ça va, le père, on est grands maintenant. On se moquait gentiment, mais ça n'avait pas l'air de lui plaire.

Mon frère s'est saoulé avec les autres. On a laissé mourir lentement les braises. Ils ont décidé de dormir là, dans des duvets, à la lisière changeante de l'eau. J'ai plaisanté sur leurs corps noyés de demain. Je suis montée dans notre chambre en regardant sans penser des lignes de fourmis sortir d'une fente de l'arbre mort. Je me sentais un peu mal à l'aise dans les draps, et soudain j'ai compris ce que faisaient ces fourmis. J'ai couru au-dehors.

Les flammes étaient déjà hautes devant le visage de papa, immobile en pyjama, désarmé. Je l'ai renvoyé au lit et je suis allée réveiller Axel. Il s'est dégagé brutalement du sac de couchage. Il a mis son jean en titubant et m'a crié d'aller chercher une hache, vite. Les autres ont bougé, ils étaient vraiment trop saouls, inutiles et entortillés. Ils se sont rendormis.

J'avais déjà déroulé un tuyau, mais je ne réussissais qu'à mouiller les flammes dans lesquelles je voyais le visage de papa faire non à la fenêtre de sa chambre. Du tuyau ne coulait qu'un mince jet ridicule, le captage était presque à sec. J'ai voulu transporter l'eau du lac avec des seaux. Mon frère, qui essayait de donner des coups de pieds au tronc, a crié à nouveau, arrête de faire le con, et rapporte-moi cette putain de hache.

Il a entrepris l'arbre à la cognée et j'ai reçu son corps en pleine figure.

Je voyais les épaules d'Axel bousculées par l'effort, ses bras raidis. Je voyais des flammèches au bout de ses mains fermées sur la hache prise dans la chair calcinée de l'écorce. J'aimais ses bras durs, les couleurs tendues dedans. J'entendais le grincement des fibres fumantes écartelées. J'aimais sa nuque où se rattachaient les contractures des muscles échauffés. Je voyais son torse sombre et rougeoyant, où crépitait la sueur et se perdaient des étincelles.

Et puis, tout s'est arrêté, et, d'un coup de pied fatigué, mon frère a fait rouler le tronc encore chaud dans la terre jusqu'à l'eau. Les éclaboussures et le bruit grésillant ont réveillé les autres, trempés, surpris, presque en colère.

Hier je pouvais suivre les contours de ses mouvements pendant qu'il parlait. Ses muscles sont longs, pleins. Il a des muscles de travailleur, pas des muscles de salles de sport, et ça me touche. Pour travailler sur cordes, il suffit pas de savoir escalader et d'avoir confiance dans le matériel, les ancrages bien scellés, tu sais, il faut avoir une sacrée expérience du froid, de la solitude, il faut être en bonne condition physique. Il suffit pas de savoir grimper, il faut avoir confiance en soi et connaître ses limites, et travailler, travailler ses limites, ses faiblesses. Il chuchotait comme si c'étaient des confidences. En regardant son bras, son avant-bras, ses poignets serrés et sa main valide, il me semblait rêver ses déplacements sur les parois. Mais il s'est assis brutalement et a caché ses mots dans ces bras magnifiques, ses mains retenaient ses cheveux, l'attelle levée au milieu de son crâne.

Il me regardait à la jumelle, il a vu la paroi se détacher, il m'a vu tomber. C'est fini, Axel. Non, le bruit, tu t'imagines pas le boucan que ça faisait, et ça remuait de partout.

J'aborde le bourg et le collège apparaît, en haut, perché, vue panoramique depuis l'internat.

Mes grands résignés attrapent leurs sacs. Ils ont quand même quelques mots pour moi, comme toujours. À tout à l'heure, Adèle, bonne journée, des choses de ce genre.

Hier je crois que mon frère m'est revenu.

Mardi 3 janvier

(vers l'école)

Le beau temps ravitaille les conversations depuis quelques jours. C'est bon pour le tourisme d'hiver, ski de fond, skating, télémark, ski jorring, et sous le soleil le plateau est immense, comme artificiellement immense. C'est la belle, la grande stérilité de l'hiver. Les parois rocheuses en paraissent encore plus verticales et pittoresques. Le plateau pourtant, le plateau pour moi, n'est jamais aussi sérieusement touchant que sous la tourmente ou dans le brouillard. Le plateau, nos routes, nos champs, nos forêts et nos lacs, nos volcans. Nos pas souillés goutte à goutte dans les creux. Nos pas empêchés par le vent. Les nœuds des grillages accrochent les pertes des brouillards au bord des estives. Je préfère qu'elles soient bues par la tourmente que sucées aussi sec par les beaux jours.

Je n'aime pas la neige de soleil. Elle m'agresse. Ce n'est pas qu'une affaire de tourisme ou d'éblouissement.

Il fait très froid. Des étoiles insaisissables flottent dans l'air, de maigres étoiles de glace, toutes petites et vivantes, qui retombent sur la neige. Des acariens transparents. On dirait la transposition impossible et cristalline d'une chanson de Noël.

Hugues joue avec ses bottes, je le vois vibrer de loin, et quand il lâche la main de sa mère il monte à toute vitesse. Il tente de m'expliquer le plus clairement possible (sauf que ça marche pas, tellement il est excité) comment la neige aujourd'hui semble être pas comme d'habitude, avec, si je comprends bien, un drôle de givre par-dessus, et ça fait exactement, exactement (il prononce le mot trois fois, parfaitement), exactement pareil que la noix de coco râpée sur le gâteau d'avant-hier pour le nouvel an. On dirait que la neige a changé même qu'y ait pas eu de neige cette nuit, et j'avais envie de la manger, mais mes frères et ma sœur y disent qu'y faut pas à cause que la neige c'est un filtre. Mais j'avais envie… Il s'arrête pour souffler, attacher sa ceinture comme un grand à côté de Minuit, puis ils reprennent à deux leurs bavardages météorologiques déformés par les considérations insolites de leur âge. Lise les veille de loin.

Hugues a mis ses phrases sur mes impressions. Malgré ses difficultés à les dire, il a eu des mots d'une justesse effrayante pour dire mon dégoût de ce temps si violemment beau. Quand il fait beau, c'est avec le goût écœurant d'un gâteau de fête, ou de dimanche, qui nous pousse à sortir promener groupés. Promener en famille, en amoureux. On a ce mauvais goût en bouche, mais il faut se tenir par la main, et sourire, et dire qu'on a eu de la chance, ah oui, on peut dire qu'on a réussi (surtout si on est en vacances, quelle magnifique journée).

Je passe la ligne de partage des eaux Atlantique/Méditerranée, indiquée par le panneau dans un paysage de carte postale, et merde, ça m'énerve trop, vivement ce soir.

Les jumeaux, Paule et Nil, montent de mauvaise humeur.

Ils sont des faux, frère et sœur.

Ils sont nés ici, emmaillotés dans la sale réputation d'écolos marginaux supportée par leurs parents. Des bourrus venus d'ailleurs en trimbalant des habitudes curieuses, des idées d'éducation populaire en plein air. Les voisins à l'occasion ironisent encore sur leurs toilettes sèches, presque comme dans le temps, quand on faisait à l'étable, tu te souviens. Leurs crottes mélangées à de la sciure, mêlée de foin l'été et de feuilles mortes l'automne, ça dégoûte. Les jumeaux disent qu'ils y jettent aussi leurs pelures de mandarine, et les cheveux quand maman les coupe. Papa dit que ça va au compost alors. Au moins nous on gaspille pas l'eau potable pour de la chiure. Les autres haussent les épaules, qu'est-ce que ça peut faire, puisque le trop-plein des captages déborde au coin des fermes.

C'est pas l'eau qui manque.

Le problème des jumeaux, c'est pas l'odeur des chiottes. C'est le bruit du loup.

On l'entend encore des années après.

Juste après la naissance des petits, le bourru a pris dans ses bras deux autres jumeaux, Shendo et Dryade. Un mâle et une femelle clandestins. Il les a confiés au chef de meute, un grand husky de Sibérie, auquel ils se sont soumis très vite. Il avait été les chercher une nuit dans un parc zoologique, pour démystifier la peur du loup véhiculée par la connerie humaine. Je te le dis, les chasseurs et aussi les écrivains, les conteurs, là, ceux qu'ont écrit le petit chaperon rouge, c'est vraiment con, c'est encore plus con que les flics. Le loup c'est comme une corde spéléo, ça te permet d'aller plus loin, d'éveiller les esprits, tu comprends, de foutre de la lumière dans tous ces trucs fermés, là, ces conneries de légendes. C'est comme ça qu'il parle, le bourru.

Je l'aime bien.

Il tenait les louveteaux tout contre son odeur en leur donnant le bib, et en les renseignant sur cette putain de race humaine.

Ils n'aspiraient pas l'eau, mais la lapaient comme des chiens. Déjà Shendo relevait la queue en s'approchant de Nil. Dryade quémandait des caresses sur le ventre d'une grande patte maladroite, et Paule se vautrait dans sa panse.

Mais le loup, pas un loup dressant sa queue, pas un loup de chez eux, a été repéré un matin très tôt, près de leur maison, devant l'arrêt de la navette.

Les traces d'un grand chevreuil devant les siennes ne laissaient aucun doute. Il était en chasse, sinon il ne se serait jamais approché si près du hameau, les loups sauvages sont trop peureux. Ce ne pouvait pas être un loup apprivoisé non plus, il ne se serait pas enquiquiné à poursuivre le chevreuil.

Cette apparition a provoqué des réactions démesurées et contradictoires. Les chasseurs et les écolos se sont foutu sur la gueule, pendant que les jumeaux essayaient de suivre à l'école.

Les ennuis sont arrivés un vendredi matin vers 7 h 30, juste à l'heure de la navette, en même temps que moi. Dix gendarmes, quatre gardes fédéraux, avec des perches et des seringues, pour embarquer les jumeaux.

J'ai fait monter les miens qui pleuraient leurs toutous préférés, sans essayer de les consoler. Je sais qu'à cet âge on est inconsolable. J'étais pas fière dans mon fourgon à pas savoir quoi faire ni quoi dire. Les autres petits se taisaient, on se taisait tous ensemble.

Mais le loup, quelques jours plus tard, traînait toujours sa queue basse dans la brume du plateau, les poils sans doute à peine embarrassés de rumeurs et de rosée.

La polémique a pris des proportions irréelles, mes gamins répétaient des contes et légendes déformés par les bouches de leurs parents. On était repartis pour une histoire de dame blanche, et notre débile de la route, il s'était fait bouffer par le loup, ou alors, il l'avait juste vu, oui, c'était l'homme qui avait vu le loup, et ça l'avait rendu pas tranquille. Paule et Nil pleuraient, et pleuraient.

Le maître, fatigué, a essayé de leur donner une autre interprétation de la littérature jeunesse.

Au conseil d'école, à nous les adultes, il a dit qu'il allait déposer une plainte auprès du procureur de la République, à cause du graffiti sur le muret montagne qui borde la route des gorges, parce qu'étant apposé sur un lieu public, bien visible, il constituait une provocation à la haine raciale.

Quelqu'un de pas fute-fute avait écrit, en grosses lettres, des lettres bâtons, comme à la maternelle, « ARABES, PD, JUIFS, COMMUNISTES, ÉCOLOS, LOUP, OURS : DEHORS ».

Et Nil et Paule reniflaient encore.

Tony n'a pas voulu qu'on se voie dans le village au début, de peur qu'on aille dire. Il m'a parlé d'un hôtel en ville. Non, en fait il ne m'en a pas parlé, il m'a emmenée en bas un week-end, en me tirant le bras. Il m'a fait asseoir dans son pick-up, on a rien dit de tout le trajet. Il s'est garé, on a pris le tram, on est entrés dans le premier hôtel pas cher.

J'étais gênée d'aller à l'hôtel, mais j'aurais accepté n'importe quoi pour être avec lui. Il pleuvait, il pleuvait de partout et dans notre chambre il y avait un tableau de pluie posé sur le rebord de la baignoire. Dans les hôtels y'a toujours des tableaux qui ne sont pas des tableaux mais des trucs à décorer. D'ailleurs il y en avait aussi dans celui-là, des croûtes. Dans la salle de bains c'était pas comme d'habitude, le tableau semblait ne servir à rien d'autre qu'à lui-même, qu'à l'image, la texture, qu'à la pluie. Il était très beau, avec un seul plan, encombré de bleu. De manière à peine visible, des gens debout attendaient, mangés à partir des épaules par des parapluies. Ils étaient à la lisière de la vue, comme tout au bout de la figuration, et seule la pluie bleue, bleue, bleue et grise, remontait franchement à la surface de la toile. Une toile juste agrafée sur un châssis fragile, facile à casser. C'était pas hygiénique, je me demandais comment la femme de ménage procédait. Je l'imaginais soulever vite le tableau, un coup d'éponge, le reposer. Je suis restée dans mon bain, enroulée, allongée de côté, le visage dans le tableau, tristement contemplative, écoutant de très loin les gestes de Tony dans la chambre.

Je l'ai rejoint en peignoir avec dans mes yeux le bleu, bleu, bleu et gris. Il s'est retourné et jamais je n'avais ressenti une aussi forte pression en moi, pourtant je ne voulais pas faire l'amour à l'hôtel ni tout de suite. Je lui ai menti avoir mes règles, en essayant par sincérité, par jeu, je ne sais pas, d'imaginer ce que ça pouvait faire comme douleur, les contractions utérines et les tiraillements jusque dans le dos. Il m'a dit c'est pas grave, je ne savais ce que ça signifiait, s'il voulait baiser quand même, ou si c'était ne pas baiser qui n'était pas grave. J'ai répondu que je voulais marcher un peu sous la pluie, que j'aimais bien la pluie, même en ville, et que comme ça, j'oublierai mon mal de ventre.

Je me suis habillée assez vite. Depuis mon opération je ne me maquille plus, et j'ai laissé tomber les corsets (mais je mets des soutiens-gorge qui me serrent, sinon je me sens pas bien).

En descendant vers la ville mouillée, en marchant dedans, j'ai fini par avoir mal au ventre, de ce mal au ventre-là, pour la première fois. C'était ce que je croyais, que c'était la première fois, mais je connaissais cette douleur de quelque part. J'essayais de me persuader que c'était impossible, que je n'avais pas d'utérus, pas d'ovaires, pas de trompes, et pourtant je sentais une poignée de chair se froisser en moi au-dessus du vagin, avec une régularité qui me paraissait à la fois implacable et démesurée.

J'avais mal à cet endroit impensable. J'avais mal à ce que je n'avais pas. Je saignais aussi, j'avais cette connaissance du sang. Je saignais sans une goutte.

Au fond d'une contraction, je me suis souvenue avoir eu mal comme ça, aussi fort que ça, quand j'étais encore jeune, bien avant de me faire opérer, pourvu qu'il se passe des choses, des fois pas grand-chose d'ailleurs, des reflets ou des mots, des films, des histoires, mais qui me bouleversaient à cause de maman. Je regardais un navet à la télé par exemple, et quelque chose me rappelait les pertes de maman. Je ne le savais pas vraiment, mais j'avais mal au ventre, tout simplement. Je me suis demandé si c'était parce que j'étais déjà une fille que je portais si lourdement, et si régulièrement, le souvenir des fausses couches de ma mère.

À cette question, je me suis fait des réponses inattendues, et je suis remémoré des confidences entre maman et mémé, qui en avait eu tant aussi, et sans doute sa mère, bien avant.

J'ai su dans la douleur que ne pas avoir d'enfant, c'est ça, être une femme. Ce n'est pas avoir un enfant. Être mère c'est perdre un enfant, porter ce caveau où s'accrocheront les frères et sœurs. J'ai eu mal là, avec un savoir cru, violent, j'ai eu mal à cette alvéole mortuaire, celle de ma mère, celle d'où je viens.

Il paraît qu'avant, dans le temps, c'était pas pareil, ça passait. Je sais que c'est faux, je sais que c'est des conneries d'historiens, et aussi des phrases toutes faites qu'on répète, pour continuer, pour nier. Mémé a perdu trois enfants déjà nés, dont un juste à la naissance et un à l'âge adulte, et c'était une pleureuse. Mais en pleurant, elle affirmait avoir tant souffert à cause des autres aussi, peut-être même plus encore. Les autres, c'étaient tous ceux qui n'étaient jamais nés à terme, dont on cisaillait le fragile cordon avec l'ongle, et dont les traits étaient souvent juste supposés dans une silhouette, pour ceux qui en avaient une.

On est rentrés dans un café parce que la pluie devenait trop verticale, solide. J'étais sûre que mon frère, lui, n'avait jamais eu mal au ventre.

Si j'avais été une fille de naissance, je serais déjà tombée enceinte. J'aurais déjà perdu ces fœtus maigrichons, tout petits, petits, mais déjà parfois si bien dessinés que les paupières et les lèvres glissaient, très précises, juste en dessous de la surface, juste au bord de la représentation.

Tony m'a dit hé, à quoi tu penses, t'as l'air si triste. Je me suis juré de tout lui dire, un jour, un soir.

Je couche avec lui dans les secrets. Le secret du village, celui de notre histoire, entre nous, mais aussi le secret de moi-même, que je n'ai jamais partagé, qu'avec Axel.

(retour de l'école)

Tout le beau soleil s'est mis sous les nuages. Je suis heureuse d'être avec Tony.

Il prend encore des précautions pour entrer chez moi. Il se tait. Il se tait comme si parler, c'était risquer de se faire prendre. On fait rien de mal mais bon. Il se déshabille en silence dans le lit, si doucement que le froid passe dans ses gestes. Quand il remonte son tee-shirt au-dessus de ses épaules, son torse fait chuchoter les draps de tremblements, et moi j'en frissonne.

Au-dessous des éoliennes, juste au moment du paysage où le lac artificiel trouve son espace, émondé dans ma mémoire, je vois quelque chose dans les montagnes. Les nuages qui posent leur brume jusqu'au sol ne sont pas assez épais pour empêcher d'y voir, même loin, mais ils bouchent une sorte de transparence par endroits, et la renforcent à d'autres. Juste en face de moi, juste en face de nous, un rectangle, oui, un rectangle presque parfait, laisse filtrer le soleil. On dirait pas un filtre comme je sais pas, au bord de la mer par exemple. Non, ça fait comme ces filtres qu'on visse sur les objectifs des vieux réflex et qui changent les couleurs. Dans un cadre rectangulaire du paysage, toutes les couleurs ont changé, mais seulement à l'intérieur du cadre. C'est mon premier phénomène météo-poétique partagé avec les petits, Lise me dit regarde, mais les maternelle, debout d'un bloc, ont une agitation, une ébullition de cachet jeté dans l'eau, qui nous gâche tout.

Les jumeaux sont encore de mauvaise humeur. Ils traînent depuis ce matin une grosse dispute entre eux seuls, une dispute dont la raison restera secrète, comme tout ce qui ne concerne pas les autres, c'est-à-dire tous les autres, même leurs copains, leurs parents. Leur fratrie est stellaire, avec une étoile du soir jumelle de l'étoile du matin. Elles sont les mêmes dans la nuit, mais ne brillent pas au même moment, elles sont différentes et habitent le même ciel, un ciel où personne ne peut entrer ni même y voir. Ils se disputent dans la navette je ne sais quelle place dans ce ciel noir. Ils ont profité de notre arrêt devant l'autre ciel, celui du paysage devant nous, pour se lever comme les maternelle et faire enfler leurs insultes. Ils sont insupportables. Ils ont pourtant presque neuf ans. Ils s'échangent chaque jour un caractère, une posture, jusqu'à la confusion. Je crois que c'est ce qu'ils cherchent. Ils sont des faux jumeaux qui semblent plus vrais que des vrais, des faux de sexe opposé, mais avec un esprit, une repartie, et des jeux étrangement épicènes, des jeux violents et sans distribution, qui me surprennent et surtout qui échouent toujours, contre toute attente, à actionner la différence de genre. Leur jeu préféré c'est faire semblant de se tuer. Je me demande ce que ça va donner, quand Paule aura les gestes et les formes de Lise, de toutes les filles. Pour le moment elle serre ses mains autour du cou de son frère. Nil me dit mais Adèle, on joue. Insupportables, et quand on les gronde, soudain soudés, indivisibles. Ils nous ont piégés, nous qui les nommons par deux, les jumeaux, ou les enfants, et presque jamais Paule et Nil. Je comprends pourquoi leurs parents ont élevé des loups, ça devait les reposer.

Et pendant ce temps, Hugues, Minuit, Bruno et même Tom croustillent de plaisir, très bruyamment, dans des jeux fatigants. Seuls Thierry et Lise me font un petit repos de leur silence.

En attrapant le corps, le bras ou la main (selon l'âge) à la descente de la navette, les mamans me disent que c'est encore pire une heure après. Si vous saviez, vous la connaissez pas, vous, l'effervescence du 6/8. Enfin, pas encore, me dit la maman de Hugues pour me laisser gentiment comprendre qu'elle sait déjà, pour moi et Tony.

Ici un couple qui se tient, ça va forcément faire des enfants.

(vers le collège, seule)

Je pense au clin d'œil caché dans les paroles de cette maman. Je me rends compte que ces mots de connivence ont ébranlé ma confiance. Je veux pas d'enfant, c'est pas le problème. Seulement, aux gens je leur mens, à ma vie je mens, ma vie même est un mensonge, et si Tony l'apprend, et si tout le monde l'apprend, je serai obligée de partir, Tony me quittera, l'exil sera comme une punition.

J'essaie de me calmer en profitant de cet espace pour moi toute seule, silencieux, qui va durer jusqu'au moment des grands. Je n'y arrive pas. En moi il n'y a pas d'espace, mais l'écho de l'excitation des petits, comme une usure sonore indélébile. Je n'arrive plus à me défaire des moments résonants de mes gamins.

Ils se mettent toujours sur mes doutes, ils m'évitent de penser.

Ils sont mon bruit, ma vie, mon mensonge.

(pause)

J'attends les grands près du collège, sur le parking, en m'appuyant sur le grillage pour manger une mandarine. Démembrés des toits tout proches, quelques bouts de glace font leur bruit de chute près de moi, et je sursaute à chaque fois. Il fait un peu chaud sous les nuages, comme s'ils avaient retenu et choyé la chaleur du soleil de la journée, alors que dans la journée il a fait si froid dans la lumière. Je jette les pelures à travers le grillage dans le fossé.

Chez moi c'est comme ça, au rez-de-chaussée. On entre par la rue, y'a une sorte de sas, un déchaussoir, comme à l'école (ici dans les classes on se met en pantoufles), et après y'a la cuisine, qui donne sur une petite cour, fermée par un grillage.

Derrière le grillage c'est le jardin public, que je vois aussi de la fenêtre de ma chambre au premier (salle de bains et chiottes côté rue). J'habite dans un logement de la mairie, il y en a plusieurs les mêmes, en enfilade. Les mercredis après-midi, les samedis et dimanches, j'entends et je vois les petits du village, ceux qui ne prennent pas la navette. Ils me connaissent quand même, ils me disent bonjour et leurs parents aussi. Certains soirs et même certaines nuits, bien après la fermeture du jardin public, ce sont les gosses du collège, et le week-end ceux des lycées d'en bas. Comme ils ramassent souvent leurs bières et parlent pas trop fort, je dis rien, mais mes voisins parfois s'en plaignent. Le samedi, y'a parfois mes grands de la navette. Je sais pas comment ils se débrouillent, ils doivent s'arranger pour se faire conduire par un gars du lycée, par une grande sœur. Ils boivent, ils draguent doucement, ils rigolent, même quand il neige (mais pas trop).

On les entend surtout au dégel.

Cette année pendant les vacances de Noël, comme il faisait pas trop froid, ils sont venus souvent. Il y avait Nadège un soir très tard, et je savais pas quel mec elle embrassait (je ne le connais pas, il a dans les dix-huit vingt ans je pense). On y voyait très bien dans un bleu ciel de lune pleine multiplié par la neige. Je voulais pas faire ma curieuse alors j'ai fermé mes volets. Il était presque minuit. Quand j'ai ouvert pour fermer, Nadège a sursauté comme une petite bourrasque de neige, avant de me dire bonne nuit dans un rire décuplé par sa surprise idiote (elle sait bien que j'habite là). Elle était un peu saoule aussi. À cause des bières, à cause de sa jeunesse, à cause de la neige phosphorescente, à cause de cette clarté bleue de nos nuits. Derrière mes volets, j'ai pensé au couvre-feu en région parisienne dont on parlait aux infos. J'ai réalisé que Nadège n'avait sûrement même pas quinze ans et que si elle avait habité là-bas, elle aurait pu se faire arrêter par la police, dénoncée par mes voisins, juste pour une soirée de bécotage un peu arrosé sous la lune. J'ai réalisé aussi autre chose, mais j'arrivais pas bien à savoir quoi, un détail aperçu quelque part sur Nadège, mais où, mais quoi.

Tony dormait incognito (tu parles) dans la chambre, je suis montée, je me suis couchée près de lui. Je me sentais encore plus amoureuse de savoir qu'en dessous, tout près de nous, Nadège vivait sa vie de serrements à la poitrine, de ventre en vie, et ça n'avait rien à voir avec du voyeurisme ou je sais pas quelle perversion, non, c'était juste que j'avais, encore une fois, l'impression décalée d'avoir son âge.

Nadège s'appuie sur le grillage. Elle me demande si je rêve, je lui réponds non, non, je pensais, à qui, à toi, ah bon. Elle monte dans la navette, je la suis, elle enlève son écharpe, va s'asseoir derrière, je m'installe au volant. Les autres rentrent. Je me relève. Je m'approche de Nadège et je lui demande de soulever ses cheveux. Elle soupire comme si j'allais l'engueuler mais obéit. Dans sa nuque, presque au milieu, à la racine de ses cheveux, il y a un tout petit tatouage, mon petit détail de l'autre soir. Elle exagère. Je m'inquiète un peu pour elle. L'an dernier elle s'était fait faire un piercing sur la lèvre inférieure. Il avait mal cicatrisé et personne n'avait osé se moquer d'elle, à cause de la répugnance clémente qu'on avait à la regarder ne plus pouvoir sourire, la bouche infectée. Ses parents, qui s'étaient opposés au piercing, en étaient presque heureux, et voir Nadège taciturne, boursouflée et douloureusement punie me révoltait. Le tatouage c'est pas pire, mais je croyais qu'il fallait être majeure, je me demande dans quelles circonstances elle a bien pu courber, plier et offrir sa nuque, et si ses parents sont au courant.

Tous les autres veulent voir, et Nadège fait sa star, sa pucelle, en refusant, puis elle se ravise, elle se lève et se penche pour montrer sa petite bête aux garçons et aux Marie. Je lui demande de se rasseoir parce que c'est l'heure. Ce que Nadège a fait en montrant son tatouage à tous, c'est leur cacher l'importance et le mystère de cette petite bestiole, une sorte de doryphore, qui lui monte dans la tête. Et ça m'intrigue, parce que la même bébête je l'ai vue partout, sur les bancs du jardin à côté de chez moi, mais aussi à l'envers de certains panneaux de signalisation routière, sur des portes dans le village, très discrète au-dessus d'un siège de la navette (au bord d'une fenêtre) et même sur une des palissades du chantier des gorges. Je ne m'explique pas l'itinéraire de cet insecte.

J'espère qu'elle sait ce qu'elle fait, cette idiote.

(retour du collège)

Je change de radio, ça ne va pas leur plaire, mais j'ai besoin d'autre chose. J'éteins le compromis musical qui brode habituellement notre temps partagé. On a mis ce compromis en place depuis des années, ni radio de jeunes ni radio de vieux, mais soit le silence, soit une radio associative de la région, avec un programme musical très varié, mais sans daube, ni daube de jeunes, ni daube de vieux. Je tombe sur une station de musique classique. Ils protestent. Je laisse leur petite révolte enfler puis s'estomper. J'ai besoin de réfléchir. Réfléchir à ma vie, à celle de Nadège, penser à ma route, à la sienne, à mon adolescence passée, à son futur adulte.

Je n'arrive pas à réfléchir, mais au moins je me vide un peu les yeux en écoutant cette musique.

La musique faiblit sans raison, s'arrête, reprend. En me vidant les yeux je perds un peu la route de vue, mais, dans le champ vide de mes pensées, les gestes de mes grands s'aventurent jusqu'à mon regard, malgré moi. Je les vois dans le rétro, à côté de moi, partout. Ils ne rouspètent plus, aucun ne parle, presque aucun ne bouge. Ils semblent attentifs à quelque chose qui m'échappe. La musique s'est couchée sous une voix autoritaire. Une voix d'homme double, ou plutôt doublée, dans un écho infidèle. Je comprends, mais pas tout de suite, que c'est la voix d'un chef d'orchestre irritée, étrangère et inaccessible, doublée de mots dans une langue ordinaire, en deux dimensions et en français, la langue d'un autre homme. Les colères du chef d'orchestre sont simultanément traduites, mais le ton énervé n'est pas doublé, le traducteur a des mots écrasés, sans aucune texture. Les deux voix se chevauchent, une tout en relief et peut-être en polonais, et l'autre, toute plate, dans notre langue. Trop court, trop court, traduit la deuxième voix. Trop court, encore. Elles se taisent toutes les deux, la musique remonte. Nielle semble fasciné. Sans doute sur un signe, inaudible, la musique s'abat à nouveau. Le chef polonais reprend son emportement, assagi par les phrases françaises. Ces décalages, ces impossibles conciliations, ce bâillonnement de la musique, sont à la fois agaçants et palpitants. Le chef fait taire ses musiciens à cause d'elle, à cause de la musique. Le chef étouffe la musique pour la musique. Parce que, nous double l'autre voix, elle n'est pas là, la musique, tant qu'elle est comme ça. Il l'empêche pour qu'elle vienne. Il parle une langue étrange, faite de mots inhabituels, un lexique musical qui nous échappe. Mais on comprend ce qui se passe, ce qui ne se passe pas. On entend presque les souffles terrorisés et respectueux des musiciens se faire le plus ténus possible. On retient le nôtre. La musique se relève. Le chef lui donne une dernière gifle de baguette silencieuse. On sort alors, mes grands et moi, de notre hypnose curieuse, pour éclater de rire, et dans notre rire la musique enfin se place, pour ne plus se faiblir. Elle s'étire, dans une puissance, une générosité qui ramasse notre rire au passage.

Le doryphore sur les palissades je l'ai vu en descendant voir mon frère. Je m'étais arrêtée près du chantier, fermé le week-end, dans une sorte de pèlerinage inconscient. Je voulais voir le lieu de l'accident, je voulais pleurer. J'ai longé les palissades sans savoir où mon frère était tombé. Je me suis rappelé l'autre effondrement, celui d'y a cinq ans. Je me suis surtout souvenue des fleurs déposées par la famille du mec écrabouillé dans sa voiture. Encore emballées de plastique, elles avaient été coincées dans une faille, et personne n'osait les déplacer. Elles étaient restées plusieurs mois à prendre la pluie, puis la neige, à vieillir plus vite que la roche. Après le souvenir de ça, bien sûr j'ai pensé au type de la route, notre abruti. J'ai pensé à son air éternellement surpris et à toutes les conneries des gosses à propos des dames blanches. Les dames blanches, ça m'a fait penser aux vaches bleues. J'ai regardé de l'autre côté, elles y étaient encore. C'était trop beau, c'était trop bon, j'étais fière d'être d'ici, près de tous ces hallucinés du plateau.

Un panneau signale les vaches à l'endroit où d'habitude d'autres panneaux préviennent les touristes du risque de vol par des pickpockets. C'est un panneau genre attention troupeau, triangulaire, sauf qu'il fait pas du tout professionnel et qu'une vache blanche rayée de bleu dépasse du triangle. On regarde alors dans la direction qu'elle indique, et de l'autre côté de la route, au milieu des falaises surplombant les gorges, encordées les unes aux autres, baissant la tête dans les zones plissées de la roche, leurs gros corps de bois coincés dans des couloirs horizontaux, y'a des vaches bleues avec des rayures, ou des cœurs, des fleurs. C'est l'instit qui les a fait faire aux enfants l'an dernier, pour la fête des Pensées. Les gosses m'en avaient parlé et parlé pendant des semaines (moi j'ai fait celle avec des cœurs, et moi celle avec les rayures, etc.), et quand leur maître était descendu en rappel pour les coincer dans les gorges, ils étaient si fiers, mes gosses, de leurs vaches et de leur maître. Et moi d'eux, par contrecoup.

Des années auparavant, quelqu'un avait cimenté à même la paroi verticale une deux-chevaux sciée en deux. Elle surgissait de la roche au milieu du vide. On a tous fait semblant de ne pas savoir qui avait bien pu imaginer un truc pareil. On a tous fait semblant de croire que ça n'avait rien à voir avec le projet du tunnel.

Je suis retournée à ma voiture en souriant. J'avais complètement oublié l'accident de mon frère. Je me suis approchée de la portière. Je m'étais garée contre les palissades et c'est en remontant dans la voiture que j'ai vu la bébête à Nadège (je savais pas encore que c'était la sienne). Je l'avais déjà vue, dans le village, dans la navette, ça devait être une sorte de tag, un tag de mes gosses, mais bon, pas plus que ça. Une sorte de signature marrante, sans gravité, et tellement moins grossière que l'inscription en lettres bâtons sur le muret montagne.

En me disant ça et en conduisant, je me suis baladée dans un autre souvenir, un matin de nuit d'octobre dans la navette, l'an dernier, quand on avait pris, mes ligériens et moi, la route des combes après le mont.

Il y avait un chantier là aussi, là encore. Les confortements je connais ça depuis toujours. Il y a des gens d'ici qui sont les arrière-arrière-arrière petits-enfants des ouvriers venus d'Italie pour construire les routes des gorges de cette façon, encordés. Mal encordés souvent, et beaucoup sont morts pendant ces travaux spectaculaires il y a je sais plus, deux siècles au moins.

On longeait des palissades, dans une même routine rêveuse. On était en pleine aube de l'été indien, si chaude, et très ventée. Quelque chose a perturbé ma conduite, notre berceuse. J'ai freiné et Sylvain est sorti de sa capuche. Sur la route il y avait cinq ou six palissades à terre. Je me suis retournée vers les deux garçons, ils se sont levés au même moment. Dehors le vent sentait. Il avait cette odeur d'été en automne. Il faisait très doux, incroyablement doux, et c'était ce qu'ils étaient aussi, incroyablement doux dans leurs gestes et leurs silences. On a relevé les palissades sans rien se dire, sauf rire un peu, c'était lourd et pourtant facile, ça nous a pris un bon quart d'heure de solitude dans le vent de l'aube. Je les aidais ou ils m'aidaient je ne sais pas, ce que je sais, c'est que je me sentais en sécurité avec eux.

Vendredi 17 février

(vers le collège)

Sous les encorbellements de la route des gorges, des tas en vrac de stalactites de glace brisées m'obligent à slalomer. Les mecs de la DDE sont encore en train de les tirer à la carabine. Ils n'ont pas déblayé. Je me gare le temps qu'ils finissent de les décrocher dans le bruit des tirs épaissi par l'écho. Ils me font signe de passer, Sébastien et Julien se retournent pour les regarder armer à nouveau.

Les carabines ici c'est une tradition, ça fait partie du paysage, entre chasse et biathlon.

Moi y'a rien à faire, ça m'intéresse pas. Nadège soupire, Marie et Marine regardent vers le bas en se rasseyant. Elles s'étaient levées pour voir plus profondément, plus bas encore, les mains sur la vitre et les yeux béants en essayant de deviner dans la pénombre le fond des parois verticales. Sébastien et Julien s'échangent des infos sur la prochaine épreuve au stade pas loin d'ici (une immense clairière aménagée pour les championnats du monde).

Je me sens rassurée en voyant Sylvain sous sa capuche, Joël et Nielle endormis dans leurs rêvasseries du point du jour. Ce n'est donc pas seulement une histoire sexuée, le sport, les armes.

Tony m'a amenée à la chasse un matin il y a trois semaines. J'avais dit oui pour me lever tôt, pour marcher dans la nuit près de lui. J'avais dit oui pour lui faire plaisir, parce qu'il était impatient, parce que j'avais confiance, parce que marcher à moins d'un mètre de lui me faisait (me fait encore) du bruit dans le ventre, et que la neige compliquerait tout ça, craquante et dure à l'aube dans les bois.

J'avais dit oui pour délivrer les branches basses des sapins prises dans la neige et m'amuser, comme lorsque j'étais petit, du ressort soudain et mouillé. Pour repérer les anciens chemins juste à l'absence du mort bois, ces chemins de forêt évidés à hauteur d'homme. Pour marcher là où les arbres ne poussent plus à force de marches séculaires. J'avais dit oui pour marcher sur les marches à peine oubliées des autres. Avec mon frère on avait ce jeu, repérer les chemins disparus, mais pas tout à fait, les anciennes routes communales entre les lieux-dits en ruine, des lieux qui ne sont plus nommés que par les vieux.

J'avais dit oui parce que c'était le dernier dimanche de chasse, et je voyais bien qu'il voulait marquer le coup, quelque chose comme officialiser notre liaison (les mots de la maman de Hugues ayant fini tous leurs allers et retours sur le plateau). J'avais dit oui puisque maintenant tout le monde le savait, que je sortais avec Tony, et Tony, c'est pas n'importe qui, il est incontournable, détesté, courtisé.

Les fermiers lui offrent le café, ou un petit coup de rouge, en espérant négocier encore le prix de la viande, il répond qu'il peut pas proposer plus, pour un mâle je dis bien, mais pour une femelle, non. Ah c'est pas vrai, tu nous prends pour qui, eh, depuis le temps qu'on fait affaire, Tony, les femelles elles valent autant que les mâles. Pas celle-là. De quoi celle-là, elle est pas belle ? Ose dire qu'elle est pas belle. Les palabres durent, la femme se tient en retrait, les fesses au bord de l'évier, et ne s'approche que pour remplir à nouveau les verres. Tu le veux, ce chèque ? Non, pas dans ces conditions.

Je ris quand Tony me refait l'accent des vieux, que je connais si bien, mêlé au sien, lui qui n'est pas d'ici mais d'un autre pays de montagne (et ça, c'est une raison de plus pour lui en vouloir).

Sinon Tony il est pompier volontaire, et ça, c'est respect.

J'avais dit oui pour ce déplacement sans parole dans la forêt, parce que j'aime sa voix, j'aime son accent, j'aime ses phrases, mais j'aime aussi son silence. J'avais dit oui parce qu'il me décrit souvent et si bien l'espèce de patience tendue, et la traque du sentiment des bêtes sur l'écorce des arbres, cette odeur qu'ils laissent accrochée dessus, soulignée parfois de quelques poils. J'avais dit oui pour qu'il m'explique toutes ces traces dans la neige, souvent mêlées aux pas de mes gamins.

Quand ils montent dans la navette, ils savent bien, eux, s'ils ont effacé la course d'un sanglier ou l'hésitation d'un chevreuil, ils me le disent (pour l'information du jour). La neige blanche, la neige vierge, ça n'existe que dans les livres.

J'avais dit oui pour écouter nos pas bruire et se taire quand on s'arrête, puis reprendre, et avoir cette idée, une de mes idées débiles adorées, l'idée d'être suivie par les choses, quand les branches, les troncs, les arbustes givrés, toutes les choses de la forêt d'hiver, se mettent en mouvement avec nous, et s'immobilisent, presque en retard de nous, à la moindre pause.

Des tirs invisibles trouaient cette immobilité, ça me la gâchait. Tony souriait à mes sursauts. Il m’a prise dans ses bras jusqu’à ce que je ferme les yeux dans ses épaules. C’est vraiment pas ton truc, la chasse, hein, tu veux qu’on rentre ?

(vers l'école)

Le jour est bleu à s'ouvrir les plis du ciel. Il fait si beau et si froid que l'air se gerce par endroits, nous paraît impénétrable. Il va bien falloir passer dedans, pourtant.

Le froid semble même se renforcer avec le soleil. À l'heure des grands, on était à moins dix-sept, et j'ai l'impression gourde que ça baisse.

Je ne m'explique pas la nouvelle angoisse qui me prend dans toute cette clarté agressive. Je vois la route, et du froid j'ai l'habitude. Pourtant j'ai perdu quelque chose de mon chemin, ou de ma mémoire des lieux, des horaires peut-être.

L'an dernier en avril, je sais pas comment je m'étais débrouillée, mais on a devancé la fraise, et on s'est retrouvés devant des congères larges et hautes. J'étais avec les petits, il faisait chaud dans l'abondance de la neige, le soleil était déjà bien accroché. On était tout près du village et de l'école, mais j'ai pris cette décision enjouée de ne pas attendre la fraise. J'ai garé la navette un peu loin pour pas la gêner, mais de façon assez visible (qu'ils en déduisent notre présence). Les gosses étaient tout contents de finir la route à pied, de monter et descendre, monter et descendre, sur les buttes de neige. Parfois les congères faisaient se toucher deux champs séparés d'habitude par la route. Parfois elles s'arrêtaient de dégorger la neige comme en suspens, et ça faisait des tunnels, des gorges de la grosseur, de la largeur seule de Minuit et de Hugues, qui disparaissaient pour nous surprendre en criant coucou. Dans cet amusement pourtant, j'avais une inquiétude très forte, qui n'avait rien à voir avec l'idée de la fraise pouvant surgir (on l'entend venir de très loin, on voit la poudre gicler). Les gamins étaient comme fous, comme des bêtes longtemps retenues et soudain lâchées, comme les veaux d'hiver le jour de leur première sortie de l'étable à la fonte des neiges. Ils étaient fous et beaux, tout rouges dans leurs combines débraillées, je les aimais tellement, mais j'avais cette peur inattendue, jusqu'à bloquer mes sourires.

On a entendu la fraise, alors on a rejoint l'école en coupant par le champ de derrière (y'a des ânes l'été et l'automne, et des fois, m'ont dit les petits, ils font hi han pendant que le maître explique).

Ma grosse crainte était partie avec l'idée des ânes, mais je ne savais toujours pas à quoi elle avait tenu. J'ai compris au retour de l'école, en reprenant à pied et seule la départementale fraisée de frais. C'était juste parce que la route s'était arrêtée quelques heures sur des centaines de mètres, parce qu'il n'y avait plus de route. J'ai compris que mon angoisse énorme, c'était juste à cause de cette perte brute, crue, immense et pourtant inoffensive, de mes repères, de mon chemin, de mon trajet, de mes petites habitudes spatiales.

Aujourd'hui ça me fait la même angoisse, et pourtant tout est au bon endroit, la route, le froid, la montagne, ma mémoire.

Je m'arrête prendre Thierry, il est rouge et souriant. Il s'assoit loin de Lise, tiens.

J'essaie de rouler fluide par peur que le fioul fige et que des paillettes remontent dans le moteur, j'aurais dû ajouter un peu d'essence.

Après les éoliennes je ralentis pour parler aux gosses. Je veux m'assurer que les petits ont bien de la crème sur les joues, les plus grands vérifient, et vous aussi, les CM. Oui, c'est sûr, bon. Je sais qu'à moins vingt et même en dessus, les peaux fragiles reçoivent les coups du gel, et c'est pas juste un peu de rouge aux joues, mais de vrais hématomes, très douloureux. Lise me fait remarquer, gentiment mais quand même, que les mamans le savent bien, et même la sienne, et aussi les sous-gants et les sous-bottes, elles y pensent. Je m'excuse, désolée, mais je sais pas pourquoi aujourd'hui le froid me fait peur.

Le vent se lève et remue la neige jusqu'à cacher le soleil. Il passe sous la navette, appuie sur les vitres, nous fait un peu bouger. Il se rabat presque tout de suite.

La route me paraît plus longue que d'habitude, mais elle n'est pas plus longue. Le temps me paraît ralentir, mais non.

Je sais que si le vent se lève, la fraise viendra forer les congères, et cette fois je l'attendrai.

Je n'ai pas confiance au soleil, tout me semble artificiel.

Ce soir ce sont les vacances d'hiver.

Le brouillard m'a déjà fait dévier certains jours, quand même les lumières des éoliennes n'arrivaient pas à le traverser. Je n'ai jamais paniqué, alors j'essaie de me raisonner, à l'approche des vacances on est tous fatigués. Je lutte contre cette impression de rêve ordinaire et pénible d'enfant qui me rend la route étirée, mon avancée impossible. La neige est bonne, raffermie par le froid, mais qu'est-ce que la route est longue, et l'école si loin.

De mon temps comme on dit, il y avait beaucoup d'écoles. Il y en avait un peu partout. On marchait déjà pas mal pour aller en classe, mais pas dans les mêmes directions.

De mon temps ou plutôt de mon paysage, avant les lacs artificiels et les navettes scolaires, on s'arrangeait entre voisins pour aller en tracteur à l'école les jours de tourmente. Mais les écoles étaient plus proches, aucune à plus de dix kilomètres, quand j'en fais une bonne vingtaine pour conduire mes petits, et plus encore pour les grands. Les écoles faisaient partie du paysage comme les fermes, éparpillées, parsemées. Chaque village, chaque hameau avait la sienne, mais il n'y avait même pas besoin d'un village ou d'un hameau pour justifier leur présence. Il suffisait de tracer mentalement un cercle contenant trois exploitations ou dix maisons, disséminées dans la montagne, et l'école était forcément au milieu, au bord d'une route. Certaines étaient à elles seules des lieux-dits et portaient des noms.

La mienne s'appelait Bertoire. Il n'y avait rien de visible autour de Bertoire, que la montagne, et un peu plus loin sur la route une maison où des vieux faisaient du pain, qu'ils vendaient à la maîtresse. La maîtresse habitait au-dessus de la salle de classe. Elle avait inscrit ses filles pour éviter la suppression annoncée chaque année. Les élèves, je crois qu'elle savait à peine d'où ils venaient, mais ils étaient là chaque matin, une petite dizaine, dont ses deux filles. Ils étaient là, les enfants des fermes invisibles, deux orphelines de la ville placées chez des paysans âgés, les trois garçons d'une ferme plus écartée, une fille unique et tardive d'un autre couple de vieux fermiers, mon frère et moi.

On était là, face au petit portail derrière lequel deux escaliers obliques, l'un en face de l'autre, permettaient de monter à l'école, à flanc de montagne. La maîtresse descendait ouvrir et vérifiait si j'étais là (j'étais le seul à manquer régulièrement). Certains garçons étaient en short même les jours de neige, les cuisses rouges et rapides dans les escaliers.

J'aimais aller à l'école, mais j'étais souvent malade, mal dans ma peau.

La maîtresse avait imaginé une sorte de cantine pas très réglementaire mais chaleureuse et pratique. On montait dans sa cuisine réchauffer le plat préparé par les parents, pas un casse-croûte pour chaque fratrie, non, le dîner pour tout le monde, préparé à tour de rôle. Par la maîtresse aussi, puisque ses deux filles étaient là. Comme on était cinq familles, ça tombait jamais le même jour de la semaine vu que le mercredi y avait pas cantine, mais on connaissait le planning par cœur. On râlait dès le matin quand c'était le jour du repas de machin, avec sa soupe dégueulasse ou bidule, avec son ragoût, les caillettes trop dures, enfin on râlait tout le temps, sauf les jours où c'était le tour de nos parents. On râlait pour râler, parce qu'à bien me souvenir, je crois que c'était bon tous les jours. Pour mettre la table et débarrasser, passer un coup de balai, c'était carrément injuste, parce que les garçons y avaient droit plus souvent, sous prétexte qu'on savait pas faire, il fallait apprendre, il fallait atteindre le niveau domestique des filles (la maîtresse était un peu féministe). Moi j'étais souvent dispensé, je savais faire (j'avais ces corvées sur la liste de maman). Alors les garçons me traitaient de fille manquée, et je m'étais longtemps amusé à leur répondre qu'un jour je serai une fille réussie. La cantine, c'était pour tout ça qu'on y était si bien, parce qu'on s'y disputait, on revendiquait, on s'indignait, mais de façon conviviale.

Mon frère et moi on se disputait surtout à cause de la fille unique. Nos parents s'étaient arrangés pour le trajet, et maman la prenait au bord d'une route, au croisement du chemin de sa ferme. Elle avait déjà fait un ou deux kilomètres dans la forêt, mais l'odeur des sous-bois que j'aime tant n'y changeait rien, elle sentait mauvais, comme si elle était née trop tard, comme si elle était trop seule, comme si elle s'était perdue longtemps avant d'arriver à la route. On se disputait pour ne pas être au milieu, c'est-à-dire à côté d'elle, et quand j'y repense j'ai un peu honte.

Bertoire a fermé, elle est devenue une résidence secondaire. Les fermes autour aussi se sont vendues, d'autres sont mâchées par les arbustes.

Les bois poussent leurs branches jusque dans les chemins, les ruines.

La forêt prend la place des champs vacants, le pays des gens se réduit malgré les coupes affouagères. Nos chemins disparaissent sous la masse nocturne des arbres et l'entêtement parfumé des genêts.

Je sais pas ce qui m'arrive, je me sens chargée de nostalgie, une nostalgie pas belle à voir, aigre, exiguë. Je me replie. Je me sens menacée, épiée, mise de côté. Je me sens aussi mal qu'avec mon ancien corps, comme si je pouvais être mal dans mon paysage. C'est n'importe quoi.

Mon frère m'a dit que les micro-minages créent des faiblesses dans la roche, que la travailler la rend instable, et que pourtant il faut le faire pour la consolider. Il m'a dit qu'en confortant les falaises on ne fait que retarder ou maîtriser à peu près l'effondrement, parce que tout surveiller prendrait trop de temps, ils s'acharnent des mois, un an, sur le même bloc, et à leur fatigue s'ajoutent les limites du budget départemental. De toute façon, tous les encorbellements vont tomber c'est sûr, mais on ne sait pas quand, ça se fera dans les années qui viennent, puisque certains sont tombés, et tu sais bien que les routes ont toutes été construites en même temps. Peu importe le plan de faille, les strates parallèles ou pas, les couches d'argile molle derrière, ouais ça joue, mais ça va faire que décaler ou avancer la chute. Il dit aussi qu'il est souvent financièrement plus facile, il dit ça, financièrement plus facile, et plus rapide, d'équiper une via cordata, d'installer des passerelles dans les grottes, de sécuriser les roches au-dessus des pistes de ski, que de soutenir les routes de la navette.

Ses paroles se découragent lentement.

Me reviennent comme très perçantes, vives à me blesser et sans raison, les explications qu'il me donnait sur les sondages des parois préparant les futurs travaux du tunnel. Je vois la sonde forant un tout petit trou de dix centimètres de diamètre, mais enfoncé sur cinquante mètres de profondeur à l'horizontale, pour déposer dans le fond des capteurs et savoir si la roche bouge avec des explosions et des tirs de test. Il me disait qu'il fallait bien avoir une idée de la fiabilité de la masse et se moquait de mes grimaces douloureuses pour le corps troué de la montagne.

Dans ce souvenir il me manque, ça fait un moment que je suis pas descendue chez lui. Tony n'aime pas trop quand je vais le voir. On se dispute souvent pour ça.

Je me sens tenue à l'écart par l'aménagement du territoire. Je me sens, très exactement, à part, mais à part de je sais pas trop quoi, de chez moi peut-être. Écartée des choses, un peu comme si je n'avais pas de nom, ou pas de voix, pas de jambes.

J'ai l'impression de ne plus avoir le sentiment de la montagne.

Quand ils ont voulu planter les éoliennes, ils nous ont bien dit que là-haut c'était l'idéal, il n'y avait personne, que le vent.

J'arrive à l'école sans problème, et toute la journée j'essaie de me persuader que ma peur était tout aussi vide et stupide que le regard de notre abruti des routes.

(vers le collège, seule)

Je reprends ma peur bornée. Le vent est revenu, il se retourne sans cesse, un coup le sud, un coup le nord, comme une grande baffe sans boussole. Il se lève à nouveau dans les choses et les gens. Il ébroue la neige et il neige une autre neige par-dessus, sèche, cendreuse et légère. Il fait dans les moins vingt, il ne devrait pas neiger, je crois que la neige est apportée de très loin par les bourrasques du sud.

C'est une neige qui n'est pas de chez nous, elle remonte toute la montagne pour s'ajouter à la nôtre. On la voit sortir des gorges par vagues insensées, hautes jusqu'au ciel bas.

Aux éoliennes, je m'aperçois que la neige, c'est-à-dire le vent, est maintenant contenue dans une bande horizontale, dressée au-dessus du sol, et de la hauteur de la navette à peu près. Au niveau des roues et des pas des gens il n'y a rien, jusqu'au mollet (je suis sortie vérifier tellement ça me paraissait étrange), et rien non plus au-dessus du toit.

Il ne reste plus qu'une zone de tourmente, de la hauteur d'un homme, comme si le mauvais temps était limité, cadré (plan américain), et dans ce cadre il y a notre espace, notre route, notre vie. Une tourmente rien que pour nous, au-dessus des genoux.

En me garant au collège, je demande par radio des instructions, je me sens pas de retraverser le plateau. L'internat du collège pourrait loger mes gamins, puisque les internes sont déjà descendus en bas prendre leurs cars, leurs trains. Si le personnel est plus là qu'est-ce ça fait, y'a le principal, au pire on peut bien trouver dans le village quelques familles, moi je peux en prendre un ou deux. On a bien trouvé moyen de rapatrier les internes, quand y'a eu les grèves des surveillants l'an dernier. On me répond non, pas ce soir, c'est les vacances. Les fraises ont déjà commencé à forer les plus grosses congères, j'ai pas à m'en faire.

(retour du collège)

Si j'ai pas à m'en faire, alors on y va, j'ai vu pire. Je me gare sans éteindre le moteur, ça me saisit fort quand j'ouvre la porte.

Ils m'attendaient en groupe resserré contre le grillage, pour avoir moins froid ou se sentir ensemble, je sais pas bien. Mes ados sont souvent comme ça, à la sortie du collège, quand je suis un peu en retard. Ils se tiennent dans une grosse boule, un seul corps, plus serrés que dans une bande, et dedans y'a même Sylvain, même Nielle.

Ils se dissolvent pour monter. Sylvain sort de sa capuche pour me demander si ça craint pas un peu, quand même. Je lui fais signe que j'en sais rien, et que je n'y peux rien. Il remet sa capuche en criant en avant pour l'aventure. Sébastien s'en mêle, vous avez les pelles cette fois, j'ai les pelles, et une lampe, si on doit mettre trois heures, j'ai une torche, et la bougie, non, ah, Adèle, c'est pas bien ça, parce que la bougie, la bougie (il hésite), elle permet de garder la température de l'habitacle au-dessus de zéro. J'ai des couvertures de survie. Les quatrième ont fait course d'o. ce matin, alors ça fait deux couteaux suisses. Dans la neige ? Oui, il est jobard le prof, si tu savais, Adèle, tous les jobards qui sont profs. Donc on a deux couteaux suisses aussi (ils me les montrent). Nadège leur demande d'arrêter, c'est bon, on est pas dans la télé-réalité. Excusez-les, madame, ils jouent encore aux cow-boys, vous savez, ils ont la panoplie.

Je souris, mais c'est parce que je pense à Tony, une nuit de coupure électrique. On allait se coucher, il avait mis sa frontale pour aller chercher un truc dans la cuisine, et comme je le trouvais beau avec son œil surnuméraire, il m'avait répondu attends, t'as rien vu, et m'avait fait un strip maladroit, un super strip-tease à la tikka.

Nadège a raison. Les ados aussi ont la frontale dans leur poche. Ils la sortent quand elle dit le mot panoplie. Elle aussi sort la sienne en avouant dans un sourire, ouais, mais la tikka c'est pas pareil, nous à la maison dehors y'a pas l'éclairage de rue, d'ailleurs y'a pas de rue. Julien sort alors son portable, et le talkie-walkie, t'en as pas, peut-être ? Chauffeuse, on est prêts.

Par jeu collectif ils ont tous cerclé les bonnets de leur lampe (et Sylvain sa capuche). Je les adore, mais faudrait pas oublier de boucler la ceinture aussi.

Le jeu est fini maintenant, on est perdus et ni ma radio ni les portables ne passent. On est pas complètement perdus, je vois bien, je sais bien, qu'on est pas loin du volcan, le lac, mon lac, ma pause, mais je ne peux plus conduire dans cette tourmente.

Je mets les warnings. Je regarde Sylvain et Joël, devant à côté de moi. Les autres se sont détachés. Ils ont encore la tikka sur la tête.

Je ne sais pas quoi faire.

Je ne sais pas à partir de quand les parents ou les secours vont s'inquiéter, je ne sais pas s'ils nous trouveront, je ne sais pas s'il est prudent d'attendre à la navette, la première ferme ne doit être qu'à cinq ou six kilomètres, peut-être moins, mais je me sens incapable de la situer.

Les gamins ne sont pas sûrs non plus, ils ont des avis différents. On y voit vraiment pas loin. La neige projetée fait une poussière en mouvement, une poussière groupée, comme tissée de vent, que rien ne parvient à pénétrer, ni phares, ni codes, ni regards. Je saurais juste presque en aveugle descendre jusqu'au lac, suivre la courbe du volcan creusée dans les arbres.

Là-bas, l'ombre, ce sont les arbres, la forêt qui entoure le lac. T'es sûre. Oui. Mais une fois au lac, à part faire un feu sur la plage, ça nous avance à quoi. C'est pas mieux, Adèle, vaut mieux rester dans la navette, on a assez de chauffage pour quelques heures. Je sais pas, on doit être au quart. Sylvain se gratte la capuche. Je le regarde, c'est maintenant à lui que je parle, en chuchotant. Sinon y'a la grotte. Il répond à mon regard par un autre, en rigolant, la grotte ? L'ancienne maison du gardien ? Ben oui, le gardien du lac, le troglodyte. Celle qu'on visite. Sylvain continue ma phrase. T'as raison, dedans y'a du confort, c'est rudimentaire, mais y'a la cheminée, de la paille, la vache sculptée (il se marre). Il récite. Réhabilitées et mises en valeur par la municipalité, afin de permettre aux visiteurs de pénétrer l'intimité des habitants les ayant occupées jusqu'à la fin des années vingt, les grottes troglodytiques ont été creusées par la main de l'homme dans des produits volcaniques issus d'une explosion due à la rencontre d'eau et de lave. Arrête, Sylvain. Adèle, fais-le taire. Elles témoignent d'une façon originale des lieux habités dans les volcans. Les autres crient stop, mais Sylvain continue, agaçant, inconscient, théâtral. Adèle s'il te plaît, fais-le taire. Au rez-de-chaussée, l'ancienne habitation du gardien du lac a été reconstituée et au premier étage un lieu d'exposition a été créé. Mon père en Allemagne il est guide. Ouais, c'est bien (Sébastien le déteste), et ta mère la sorcière, elle doit savoir comment on va forcer la porte, quoique (il se ragaillardit), ça devrait aller si le bois est pas trop humide, s'il est pas trop gelé. Joël n'est pas sûr qu'on puisse passer par-dessus la vitre. La vitre longe le couloir. Derrière elle, la déco, le mobilier, ont été reproduits pour les touristes (les visiteurs, parfois les prospectus disent : le public). Mais si, ça passe, même Sébastien il passe. On aidera les petiotes. Au moins on est sûrs d'être au chaud en attendant les secours. On pourra boire, de l'eau du lac, on la cassera, ou de la neige, on la fera fondre dans une casserole, mais si, y'en a, pendues au manteau de la cheminée, ils ont tout remis comme dans le temps. Il vous l'a dit, Sylvain, ils ont tout réhabilité, pour faire pittoresque. Pour faire style autrefois, madame. Exactement. Vous laissez vos sacs, vous ne prenez que l'essentiel. Les iPods, oui enfin, vos lampes, surtout. Et si vous avez des goûters. Les combines. Vous avez pas fait course d'o. dans la neige sans combines quand même? Alors vous les enfilez. Les bottes aussi. Personne avait ski? (Non, le vendredi c'est les cinquième.) Bon, allez, on se dépêche. Je prends les couvertures en alu. Les plus grands ont le sourire. Ils plaisantent en regardant Julien et Joël enfiler leurs combines entre deux sièges. Ton vestiaire, Adèle, il est pas commode. Ouais, et puis on va la refaire. De quoi? Ben la course d'orientation. Oui, c'est ça, marrez-vous. J'espère que les autres ont au moins des bottes de neige ou de vraies chaussures de marche (je me retourne, je me penche). C'est pas vrai… Ils me font peine avec leurs baskets. Marie et Marine ne sont pas rassurées, je leur demande de me faire confiance. On va laisser un mot derrière le pare-brise. On a deux ou trois kilomètres à marcher, peut-être quatre. Deux ou trois de plus si on tombe de l'autre côté du lac. On va descendre à travers la forêt, et je veux qu'on reste groupés. Ici ça tourmente, dans les arbres pas trop, mais je pense que y'aura du brouillard en bas.

Je m'arrête pour réfléchir.

Arrivés au lac, on saura pas trop de quel côté on est, on fera le tour jusqu'à ce qu'on tombe sur la grotte. Dans la forêt, je veux que tout le monde glane. Vous casserez des branches s'il le faut. Il sera vert alors. Mais non, l'hiver la sève se rétracte. Je veux que chacun prenne le plus de petit bois possible. Et si vous avez des brouillons, dans les cartables, aussi, ça peut servir. Sébastien déclare que des cours à brûler, c'est pas ce qui lui manque, mais les billes ? Non pour les bûches, y'a pas de souci. Il doit bien y avoir un demi-stère près de la cheminée pour faire style comme vous dites, pour faire typique. J'espère juste que le conduit est pas trop bouché. Marine et Marie protestent, on arrivera jamais à l'éclairer, le feu. Ici, on dit ça, éclairer le feu, on mélange lumière et chaleur, et c'est bien le feu qui va nous permettre d'y voir plus clair, dans cette grotte. Les filles, écoutez-moi, si on peut pas faire de feu, une grotte est toujours à température constante, il doit faire, je sais pas, huit, à peu près, à cette altitude. C'est la meilleure solution, allez, tout le monde est prêt ?

Dans la forêt le brouillard est aussi ramassé qu'une chair, on le touche. En avançant on ne sait d'ailleurs pas ce qu'on va toucher, ou ce qui va nous accrocher, à part le froid du brouillard. Il est charnel et givrant. La nuit des arbres rajoute sa trame noire, et mes grands ont commencé un silence fait de respect et de peur soudés.

Pendant toute la marche, je n'entends que leurs pas caverneux, derrière et devant moi, les craquements des branches pauvres en sève, la neige rompue, les souffles chauds parfois tout près. Les couches de neige nous portent plus haut vers les épaules des arbres.

Avec mon frère, quand la neige était haute et le ciel plein de soleil, on s'allongeait sous les aisselles des jeunes arbres, très près de leur cime. Le soleil était rayé par les branches qui nous aspergeaient le visage de croûtons ou de miettes de neige, selon que le vent les secouait fort, ou rien qu'un peu.

La neige est dure, mais soudain des jambes entières s'enfoncent, des cuisses jusqu'aux hanches (j'entends des rires isolés). On est près des faîtes, mais aussi du sol, relevé. Ce sol est une neige gribouillée d'épines, de poussières, trouée d'étoiles de pluie glacée. On marche courbés dans cette neige des sous-bois, souillée par les brisures déchargées pendant des semaines de vents contraires. Les lampes éclairent ces reliefs répandus de partout, légèrement parfumés.

On entre pourtant assez vite, mais avec précaution, dans l'espace crayeux et chaste d'une clairière, comme un repos.

L'eau monte à travers la maigreur des troncs. Mes grands se remettent à parler, soulagés par avance, et redeviennent ce qu'ils sont, bavards et chiants, insouciants. J'ai fait une pause pour mentalement compter dans le crépuscule les lampes à leurs fronts.

On arrive au bord du lac, le silence reprend tout le monde, mais il a changé de texture. L'eau est lisse, glabre comme une pierre polie. Près du rivage, les vagues sont coagulées par la glace. Personne n'essaie de jouer dessus. Ce n'est pas que mes grands encore gamins n'aient pas le cœur à jouer. Ils en auraient envie je le sais. Mais le lac est un entonnoir, avec au milieu des centaines de mètres d'eau, dont on pourrait entendre le bruit en brisant la glace, en cassant notre silence. Cette glace de vagues figées et lissées est à peine visible, couverte de neige par la tourmente. On la voit revenir par endroits, la glace, par vagues de vent, sous la neige qui la recouvre, parce que le vent qui amasse, c'est aussi le vent qui enlève. Plus loin, des agacements de givre clignotent dans une ouverture partielle des nuages et de la neige. Plus loin encore on devine les eaux se remettre en mouvement dans le centre du lac, ouvert comme une pupille dilatée.

Je fais passer les sixième devant. On fait cinq cents mètres à peine et c'est la plage. Il fait totalement nuit maintenant, mais la plage de neige et de vent nous éclaire. Au bout, il y a le petit chemin qui monte vers la grotte. Les garçons s'amusent sur la plage blanche, mais je leur rappelle que j'ai besoin de toute leur puissance de jeunes mâles pour forcer la porte, et le vent qui s'est réfugié dans cet espace à nu leur met des claques qui les décourage.

Sébastien a été applaudi. La porte a cédé du premier coup.

On a pris soin de bien la refermer.

L'intérieur de la grotte est aménagé pour une visite dans une sorte de long couloir étroit. Les vitres, enchâssées dans de l'aluminium massif, sont installées de chaque côté et au fond, ce qui donne une sorte de spectacle en forme de *U* longiligne. Les touristes sont censés rester dans le couloir, à l'intérieur du *U*. Côté gauche le coin repas, côté droit le coin couchage, entre les deux l'étable (le fond du U est occupé tout entier par un râtelier). Les vitres sont hautes, épaisses.

Lorsqu'on est rentrés, nos tikkas éclairaient par morceaux et en mouvement ce lieu qu'on avait l'habitude de voir dans les néons fixés sous les châssis inférieurs des vitres, ça nous a fait bizarre et personne ne parlait.

Julien et Sébastien ont d'abord soutenu Nadège, qui s'est glissée comme une fleur toute froide et mouillée de l'autre côté de la vitre. Elle s'était déchaussée pour mieux rentrer son pied droit dans les mains de Sébastien et s'aider de l'autre en poussant contre la vitre, en rigolant de la froideur impressionnante et chatouilleuse du verre. Julien retenait ses hanches en disant que finalement, elle était pas si lourde que ça. Les garçons ont tous basculé seuls. Julien a balancé les chaussures de Nadège, puis ils ont sauté à tour de rôle pour agripper le bord métallique tout en haut, se hisser par la force des bras et se laisser tomber de l'autre côté (pousse-toi, Nadège). Nielle est resté avec moi pour leur faire passer les petites, qui tremblaient un peu de froid, de fatigue, de frousse et d'émerveillement. Elles ont crié comme à la foire.

Je me suis déchaussée à mon tour, j'ai jeté mes bottes par-dessus, et Nielle m'a soutenue, puis il s'est débrouillé tout seul comme les autres.

J'ai réussi à éclairer le feu sans trop de difficulté. C'étaient pas les briquets qui manquaient dans leurs poches, mouillés, mais encore fonctionnels. On a bien l'impression idiote de faire partie de la reconstitution, mais il n'y a personne derrière la vitre pour nous regarder.

Marie a remarqué les sabots bien présentés sur un banc rudimentaire. Je leur dis, ben oui, mettez-les, y'a combien de paires ? On a aligné nos chaussures sur les côtés de la cheminée. Il y a des sabots pour tous mes grands, moi c'est pas grave, je suis très bien en chaussettes, non, t'occupe. Julien et Joël enlèvent leurs combines et vont les étendre sur le râtelier. Je regarde les autres, trempes et crevés. Je crois qu'il va falloir se mettre en culotte. Ils protestent. Je me lève sans les écouter. Je fais le tour du *U*. Je distribue aux garçons tous les bouts de tissus trouvés dans le décor, les draps et la couverture du lit aux filles. Marie et Marine choisissent un seul drap, en coton rêche et dense, pour être encore ensemble et me laisser l'autre. J'envoie les garçons se changer de l'autre côté du *U*, dans la chambre (juste un petit lit dans un recoin sombre). Nous les filles on va se déshabiller devant le feu.

Les trois garçons reviennent avec des chiffons couleur crème autour des hanches et nous interdisent le moindre mot. Je me sens un peu gourde dans mon drap poussiéreux, alors je dis rien, et les petites cachent leurs rires de souris derrière le leur.

Nadège, maintenant d'une main sa couverture bien fermée, pose un paquet de cigarettes presque en lambeaux sur le manteau de la cheminée.

Les habits des garçons pendouillent en face sur les montants du lit. On a suspendu les nôtres sur le haut des vitres. J'ai un petit coup de déprime en les regardant sécher.

Sylvain se penche vers Nadège, il la prend par la main, la relève, et lui demande de le suivre.

Ils se cachent derrière le râtelier, on entend Nadège s'extasier, puis Sylvain ramène sa princesse : il lui a dégotté une belle robe noire et rouge début du siècle dernier, ouais, Adèle, elle était sur le lit. Sans doute la tenue dominicale. Nadège, splendide, vraiment, tourne sur ses sabots en souriant, en faisant des courbettes. Ses cheveux noirs et humides glissent le long des froufrous. On applaudit pour la deuxième fois.

Chut, nous intime Sylvain, en désignant le poupon dans le berceau près de la cheminée.

Joël s'est mis en bout de table et réclame à Nadège le souper, en imitant le grand-père de Julien. Il sort son couteau suisse, ouvre la lame et l'essuie longuement sur son jean en jurant dans un patois mêlé de tics de rappeur pour irriter

Sylvain. Marie, qui retient ses larmes depuis quelques heures, se met à rire (en pleurant un peu).

On rentre pas tous les neuf autour de la table mais c'est marrant, parce qu'on est coincés derrière la vitrine où pendouillent nos vêtements. Pour faire de la place et concurrencer Joël, Julien va s'asseoir au fond de la grotte, sur la vache sculptée (contemporain). Devant la bête en bois, il y a un écriteau qui fait de la pub pour la viande au léger goût de persil. C'est vrai qu'on a faim, mais déjà on se partage ce qui traînait dans les poches, et ça va nous passer, je sais et ils savent qu'on peut tenir pas mal sans manger.

De la buée se met sur la vitre, on dessine, on arrive pas à s'ennuyer. Si je pensais pas à Tony, aux parents, à leur inquiétude, si je savais pas qu'ils y pensent tous, je me sentirais même bien.

Sylvain, qui revient de pisser après avoir remis ses habits encore tout raides d'eau gelée, nous informe de l'état de la nuit, tout le ciel est dégagé, y'a plein d'étoiles (par contre ça pèle), elles se reproduisent sur la surface gelée du lac, le vent a dégagé toute la neige, c'est superbeau.

Il se hisse à nouveau vers nous, et retombe en bousculant le berceau.

Nielle raconte le mirage de l'internat. Sébastien s'en souvient. Les internes, en décembre, chaque nuit, toujours à la même heure, ils se faisaient intriguer par un point lumineux dans la cour. C'était pas la lune, c'était pas le réverbère, c'était pas un bout de quelque chose qui attrapait les étoiles sur le bitume. Dix minutes à la même heure chaque nuit.

Tous les matins ils allaient vérifier, y avait rien dans la cour.

Sylvain reprend. Je te jure, Adèle, c'est du minéral dehors, non du métal. Le lac est en métal. Il me regarde et c'est dans ses yeux que je vois mon lac, ma pause, craquer de lumières.

Ils ont dû commencer les recherches.

Julien me demande si c'est vrai, que Tony est pompier bénévole. Alors c'est peut-être lui qui va nous trouver en premier. Sûrement.

Nadège demande la permission de sortir fumer. Je lui dis d'accord, mais rapporte de la neige alors, j'ai soif. Marine hausse les épaules. Si tu veux aller te geler les lèvres.

Nadège renonce à la charrier, elle aurait pu fumer près de la cheminée. Elle reprend son paquet de cigarettes, en tire quelques-unes à peu près fumables. Elle enlève ses sabots, se fait aider pour passer par-dessus la vitrine, rattrape ses sabots que lui tend Julien debout sur la table. Merci. Puis la marmite que je fais passer à Julien. Merde, mon briquet. Sylvain le ramasse, et glisse sa main entre deux montants métalliques vers celle de Nadège. Il a les poignets bien fins, je trouve, et des mains déliées.

Leurs mains se confondent, se ressemblent, et leurs doigts se lient au passage.

Sébastien regarde Marine, soudain préoccupé. Il me parle du cul de ses vaches. La période des vêlages a commencé. Ce matin quatre de ses vaches avaient la vulve toute sortie, elles se sont allongées. Elles l'ont dehors, tu vois, rebondie. Quinze jours qu'elles sont plissées, des plis, et aussi le nerf cassé. Elles ont un nerf, près de la queue en haut. Il casse, ça fait un trou, quand c'est pour bientôt. J'avais promis à mon père de l'aider ce soir. Quatre d'un coup c'est pas commode, et y'en avait une pleine d'un gros, peut-être deux. C'est moi qui les prépare les césariennes, c'est facile. Je passe un coup de fil au véto, et je tonds le flanc de la vache. Mon père tout seul je sais pas comment il va s'en sortir. Il semble réfléchir, son front se froisse comme le cul de ses vaches. Elles auront peut-être vêlé dans la journée, si ça se trouve.

Je passe une main froide sur son front. Ton père, à mon avis, il se fait pas autant de soucis pour les vaches.

Tu sais, ils nous trouveront.

C'est parti pour un tour d'histoires gore sur tous les vêlages insolites. Ils cherchent dans leurs jeunes mémoires des histoires rapportées par les anciens. Je les laisse raconter, pour que les plis de leurs fronts, les vagues légèrement saignées de leurs lèvres desséchées et tremblotantes, pour que toutes leurs lignes inquiètes se reportent dans les vulves bovines et les raies sanguinolentes, pour qu'à la place de leurs larmes retenues se versent des fables de vidanges entières de glaires sur la paille. Pour le moment, c'est à qui décrit le plus hard des vêlages, tout en restant crédible. Les mal formés, les mort-nés, les hémorragies. Les vêleuses longues et rudes (ils comparent la taille et la marque). Les utérus révulsés, qu'il faut vite faire remettre en place par le bras enfoncé du véto avant que la vache y passe.

Je vois par la porte laissée entrouverte le rouge palpitant de la troisième cigarette de Nadège, qui prolonge son bras noir de plus de cent ans.

Je devine la marmite débordant de neige tassée à ses pieds.

Les césariennes font leurs effets. On est dans un pays de charolaises, les veaux sont larges, plus larges que ceux des aubracs, les ouvertures sont courantes. Le véto sait y faire, mais les fermiers aussi. Il y a celle pratiquée y'a pas une semaine sur une vache des parents de Marie. Elle avait l'air de tenir le choc, debout, le flanc gauche légèrement endormi. Mais juste au moment de finir de la recoudre, elle s'est effondrée, comme ça, sans un bruit sauf l'écho de son gros corps engourdi sur le sol. Toutes les sutures ont sauté. Elle s'est vidée. C'est Marie qui est allée dérouler le tuyau. Elle insiste sur les quantités d'eau qu'elle a laissé filer doucement pour rincer le sol dans la tiédeur touffue de l'étable.

Julien en commence une autre, une légendaire, multidécennale, mais ils le font taire, celle-là tout le monde la connaît. Mais non, moi non. J'insiste et ils me la sortent tous, avec leurs variantes, avec leurs mémoires, avec les paroles de leurs parents. Elle a plus de vingt ans, vingt-cinq, trente. C'était près de la ferme du fond, la ferme des parents d'Axel, le cordiste, tu sais, Adèle, là où y'a le lac, maintenant, l'autre lac, ah ben oui, c'est vrai tu le connais, Axel, ben c'était là qu'ils l'ont retrouvée la vache. Vivante. Vivante une semaine après les premières contractions, c'était incroyable. Elle avait bu à la rivière. Y avait une rivière au fond, avant. Je sais. Tout le sol autour d'elle était tassé, piétiné. Les veaux étaient morts. Il paraît que ça puait. Elle s'était cachée. Le matin le proprio il avait repéré que c'était pour vers midi, et puis quand il y retourne, dans le pré, partie. Souvent c'est comme ça, quand elles vêlent en été. Elles cherchent des coins, quand elles sont pas dans l'étable. Les veaux ils étaient encore coincés. Mais non, y'en avait un dehors, un dedans. T'es con, elle les avait sortis tous les deux, sinon elle aurait clamsé. Ouais, mais ils l'ont retrouvée comme ça, avec l'odeur des veaux.

Je leur demande s'ils sont bien certains qu'il y en avait deux. Ah oui, des jumeaux (ils sont tous d'accord sur ce point). Et la vache, vivante. Le véto il a dit, il a dit faut la laisser dehors surtout. Il lui a fait une piquouze, contre les infections, et elle a survécu. Je te jure, Adèle, vivante.

Sylvain les regarde un peu méprisant, et déclare qu'il en a un bien meilleur à nous raconter, de récit, à propos de vagin abîmé. Non, non, c'est pas du tout ce que vous croyez, c'est bien plus inimaginable, un truc de livre.

Je lui dis tu devrais enlever à nouveau tes habits. Il nous fait un petit strip-tease, rajuste son chiffon, puis renfile son pull, et sa capuche. Y avait longtemps.

Nadège rentre, la marmite dans les bras. Elle le fait taire à travers la vitre. Mais ta gueule. Sylvain insiste. C'est non je te dis. Tu sais même pas de quoi je veux parler.

Elle pose la marmite, et tend les bras. Les cinq garçons se lèvent pour l'aider. Sébastien et Julien sautent de l'autre côté pour la soulever. Elle se laisse tomber dans les bras des trois autres. Elle se redresse, attrape les sabots, et la marmite que Julien retient. Elle l'accroche consciencieusement à la crémaillère comme une maman d'autrefois, renfile ses sabots. Elle arrange sa robe, qu'elle plisse avec un air de petite fille, puis s'assoit près de moi. Elle me regarde avec un air malin, avide aussi.

C'est toi Adèle qu'as les lèvres gelées, tu parles jamais de toi, on sait rien de toi, à part Tony. Mais par exemple Axel. Axel de la ferme du fond, comment tu l'as connu. Pourquoi tu portes le même nom. Oui d'accord, c'est un nom courant par ici, mais bon. Et ta vie avant de venir ici, tout ça.

Sylvain a des yeux tout fendus, il affiche encore le même mépris, mais comme teinté de jubilation.

Il se lève et emmène Julien de l'autre côté nous faire un spectacle, paraît-il. Ils font le tour pour rejoindre la chambre et se collent à la vitre d'en face.

Marie, maintenant délestée de son histoire sanglante, se met à pleurer en silence, mais des litres.

Nielle, dans un geste qui ne lui ressemble pas, prend Marie dans ses bras en se moquant gentiment, elle pleure sa mère, allez, ils vont lire le mot, t'inquiète. C'est trop ici tu trouves pas. Regarde. Il montre Julien et Sylvain en face, les visages dans la vitre, en train de se manger du froid, appuyant des grimaces pleines de bave fraîche et chaude sur le verre dans une sorte de concours. Sylvain a gardé sa capuche et ça rend encore plus énormes les déformations de sa bouche. Marie rit à nouveau.

J'ai pris Marine dans mon drap quand sa siamoise s'est mise sur les genoux de Nielle. Je sens son corps tout chaud se tendre lorsqu'elle s'endort, et se réveille en sursaut au même moment. Elle tombe en sommeil, se raidit, se réveille. Je ramène sa nuque sur mon épaule, dors si tu veux. Non, pas encore, je veux pas encore.

Je comprends sa lutte.

Je réponds en retard à Nadège qui me regarde attentive. On aurait dû prendre un appareil photo. Elle sort son portable, les autres aussi, et Sylvain et Julien prennent des poses monstrueuses, puis Nadège me dit, ouais, voilà, maintenant si on revenait où on en était.

Je lui fais remarquer qu'on n'en sait pas plus sur son doryphore. Toi d'abord.

Sylvain est revenu près de nous, il s'essuie la bouche et enlève sa capuche. Tout le monde siffle comme s'il s'agissait d'un miracle. Il s'assoit d'un air de star, un air satisfait, et se tourne vers Nadège. Moi je sais.

Axel c'est son frère.

Tous mes gamins se sont rapprochés en se disputant comme autour de la dame blanche, des effondrements, du type de la route, mais tous sont d'accord sur une chose, Axel n'avait pas de sœur, mais un grand frère. Je les fais taire. La buée sur les vitres s'épaissit, nous réchauffe. Je demande à Sylvain de se taire, lui aussi, et puis non, vas-y, continue.

C'est ma mère, elle sait tout, normal, c'est une sorcière.

Et il raconte ma vie.

Il la raconte comme s'il résumait un livre, comme s'il racontait un film, avec des oublis, des approximations, une chronologie de pacotille, mais presque tout est juste.

Je suis dans un silence épaté, un étourdissement partagé par les autres, et quand Sylvain a fini, personne n'ose parler. Je voudrais le gifler. Je voudrais le remercier. Je ne sais pas. Je me dis c'est fait. Tony va être furieux, il me quittera. Oui mais c'est fait, tout le plateau saura qui je suis. Je regarde Sylvain, il a un air si sérieux, si calme.

Pour arrêter mes larmes avant qu'elles commencent à se montrer, et parce qu'il a dû voir, lui, cette lumière aqueuse tamisée dans mon regard, un peu comme l'eau les jours de redoux qui remue sous la glace, il se remet à parler, à plaisanter, il prend tout le monde à témoin, hein, je vous avais dit qu'il était bon, mon roman.

Il se tourne vers Nadège et lui rappelle ses promesses. Elle se défend, elle a rien promis, et d'ailleurs Adèle, Sylvain il a parlé à ma place, ça compte pas. Tout le monde lui tombe dessus mais elle dit non, non, y'a pas moyen.

Sylvain passe son bras autour de mon cou en m'assurant qu'il n'y a pas que des fachos sur le plateau (il désigne malicieux Sébastien et Julien). En plus demain pour les gens tu seras l'héroïne, celle qui a eu l'idée de descendre au lac pour transformer ses passagers en réfugiés climatiques, enfin je sais pas quelle formule ils vont utiliser, les journaux. Il redevient théâtral et sentencieux. Ils vont le mettre en première page, en gros titre, « les adolescents troglodytes », sous-titre, « des collégiens sauvés par une conductrice de navette scolaire », eh, Adèle, tu crois qu'ils vont mettre les photos des portables ? Si ça se trouve, on passera même à la télé.

Nadège en colère le traite de petit con. T'as pensé à son mec ? Tony c'est comme nous, il doit pas être au courant, il va peut-être la jeter, t'es vraiment trop lourd.

Sylvain ne répond pas. Il ramène sa capuche vers l'avant, la retourne magistralement en déclarant sentencieusement à propos de couple… Il tire le tissu pour que tout le monde puisse voir, sous le revers de sa capuche, le doryphore près de l'étiquette, tout près de sa nuque.

Il se lève, il récupère son jean sur le râtelier, et sort un machin d'une poche, un genre d'applicateur. Il nettoie la paroi transparente avec le revers de sa manche et le colle dessus. Il appuie. J'ai encore pas marqué mon territoire ici. Il le détache et la bébête est sur la vitre. Et ici non plus. Il la tatoue sur le bois de la table. Mais ici c'est déjà fait. Il passe sa main sous les cheveux de Nadège, qui essaie, mais très peu, de se dégager. Les autres, ils peuvent toujours poser leurs grosses pattes de brutes, j'ai mis mon sceau avant eux. Elle approuve sans sourire, avec un regard fermé, résigné, mais irréductiblement et sérieusement complice.

Les bâillements se contaminent. Il est deux heures du matin. Julien fait le tour de la vitrine pour rejoindre la chambre de l'autre côté de la grotte. Il se penche en face de nous et touche l'édredon, je lui fais signe, non, il est trop humide, je crois même qu'il a pourri. Son dos est irréalisé par les deux parois vitrées. Il revient, ramasse la couverture laissée par Nadège, et trifouille dans le râtelier pour récupérer un peu de foin séché, mêlé de cistre, étouffant de poussière. Je soulève le poupon du berceau pour en sortir la paille. Je le donne à Marine, personne ne se moque.

On étale le foin et la paille dans le fond de la grotte, contre la mangeoire, et mes gamins se couchent en se serrant (le lit c'est pour toi, Adèle, c'est pour les vieux).

Je ne vais pas me coucher. Je retourne m'asseoir au coin repas et je les regarde s'endormir. Je ne sais pas qui est tout contre qui. Je ne suis pas certaine de distinguer les petites dans l'ombre des plus grands. Je m'en fous. Ils sont là, en trois tas, dans une proximité qui m'échappe et me rassure. Les flammes de loin attrapent les reflets argent et or des couvertures de survie, qui bruissent au moindre mouvement, et bientôt se taisent.

Je me retourne vers le feu, je triture les braises pour le relancer un peu.

Nielle me touche l'épaule. T'es pas couché ? Il me demande s'il est obligé. Bien sûr que non. Sylvain le rejoint. Il est tendu, il s'excuse en chuchotant très bas. Je lui demande comment elle a fait, quand même, sa sorcière de mère. Il sourit en me rappelant ce que j'aurais dû comprendre, y'a rien de sorcier, ma mère c'était ta voisine, ta voisine de kiné. Elle les faisait, tu sais, ces trucs cochons après les accouchements, avec des sondes. Elle venait d'avoir ma sœur, elle voulait déjà larguer son père. On habitait en bas, pas trop loin de la ville. Elle se retrouvait à nouveau seule, comme après moi, elle avait besoin de parler. Et toi, tu venais de te faire opérer. Toi aussi, tu avais besoin de parler. Elle me le racontait, elle me racontait déjà ta vie, j'avais quatre ans et je m'en souviens un peu, parce que c'était pas banal.

Après, on s'est installés ici, pour suivre le nouveau mec de ma mère. Elle est tombée enceinte de Minuit, elle a compris qu'elle pourrait jamais vivre avec ce type, avec aucun de nos pères, elle a rien dit, c'est lui qui est parti. On a recommencé notre vie seuls à quatre. Elle t'a pas reconnue tout de suite, mais presque, et toi, non, ça l'a énervée, elle se sentait encore plus seule.

Elle te déteste, d'ailleurs. Enfin, je sais pas trop.

Mais bon, c'est pas une raison, je sais, je suis désolé, je me rendais pas compte de tout, de tout le bordel que ça va faire. Pour moi c'est tellement pas important, enfin, moi je m'en fous, de ces trucs. Je suis désolé, Adèle.

Il s'excuse encore. Non, tu as bien fait.

On a qu'à leur demander de rien dire. Tu rêves, dit Nielle, ça va se dire sans le vouloir. C'est pas grave je te dis, ça m'évite d'avoir à parler, c'est très bien comme ça.

Je sais comment la rumeur va prendre tout le paysage, comme la fonte des neiges, salement. Mais ce sera beau, ce sera vrai, ce sera très terre à terre, terre par terre, par avancées.

Tout le paysage sera zébré par des bandes de vert et de gris-blanc. Tout le paysage sera crasseux et le plateau ressemblera à ce qu'il est, rude, terreux.

La rumeur traversera le plateau lentement. Avec le redoux, les brumes descendront en avalanches fumantes sur les parois des gorges et on aura juste l'impression d'être dans un mauvais film. Un de ces films où le chef op en fait des tonnes.

La rumeur fera encore son chemin des mois après. Il faudra bien quelques semaines avant que Tony l'apprenne au café, ou pendant un marché aux bestiaux.

Il me le dira, comment il aura été humilié au milieu des bêtes. Il me parlera des sarcasmes dans le vacarme, les odeurs de lisier et de cigarettes, toute cette ambiance d'hommes en bottes avec des insultes plein la bouche, les ventres en avant, les mains dans les poches, et les cris, en plus, tu t'imagines pas, les cris des broutards, et les rires des autres. Humilié.

Il me racontera tout ça pendant que j'essaierai de me rappeler vaguement comment en ouvrant la porte de la grotte, il y a même pas deux mois, il aura fait rentrer le jour avant de me prendre dans ses bras de pompier, et même d'y pleurer en cachette.

Je déciderai de rester ici, parce que c'est chez moi.

Je sais que le temps passera sur les racontars, les blessures. Les ragots deviendront ce qu'ils auront cru cacher, une certaine vérité, la mienne. J'étais un garçon d'ici, et je ne suis jamais devenu un homme. J'étais un garçon, et je suis devenue une femme d'ici. Je sais que le plateau est assez grand pour que les bouches se fatiguent.

Sylvain a raison, chez nous il n'y a pas que des fachos. J'aurai le soutien de sa mère la sorcière, et celui d'autres familles, pas forcément celles qu'on pourrait croire.

Mon frère montera me soutenir, ce sera inespéré, irréfléchi. Il fera le tour des bistros en parlant de sa phalange brisée et de sa sœur Adèle. On lui tapera sur l'épaule, et ça suffira presque à me redonner une place parmi les gens.

Il y aura quelques blagues. Quand on osera les faire devant moi, je surenchérirai, et comme mon vocabulaire porno est riche et varié, personne ne sera capable d'aller plus loin. Alors, bêtement, simplement, ce sera respect.

Finalement, c'est moi qui prendrai la décision de quitter Tony.

Il sera essoufflé, agité, moche.

Il me giflera parce que j'aurai souri et même ri, beaucoup trop ri, à ses gestes exaspérés. Il essaiera d'imiter les hommes du marché aux bestiaux, pour me faire réaliser combien ça aura été dur pour lui. La honte de sa vie. Tu m'as fait prendre la honte de ma vie. Mais rien à faire, je serai dans mon fou rire, parce que j'aurai beau savoir qu'il sera sérieux, blessé, hors de lui, ce sera quand même marrant, et il sera trop bête, et puis qu'est-ce que j'aurai à perdre.

Je fou rirai et il me giflera en me traitant de monstre et d'inconsciente, de gamine, d'adolescente. Tu vaux pas mieux que les petits cons que tu trimbales.

Nielle et Sylvain sont de chaque côté de moi, ils ne disent plus rien. Je me retiens encore un peu de pleurer.

Et puis ça me passe, ça disparaît dans les palpitations charbonnées des vieux fayards.

On reste longtemps, on reste toute la nuit, mes ligériens et moi, les visages rouges, à veiller de dos les autres, à entretenir le feu, sans plus rien dire, que des mots sans paroles, des mots de gestes, genre laisse, Adèle, je vais le faire, quand je me lève pour prendre une nouvelle bûche.

Nielle se redresse les bras occupés, il a un sourire de victoire exagéré. Il place une bûche sur la braise, en appuyant un peu, en creusant dans les cendres crissantes comme s'il voulait gratter un espace supplémentaire dans le foyer. Il se relève et se frotte les mains avec toujours le même air conquérant.

Il sort une photo de son pagne en expliquant qu'elle était accrochée sur le panneau, là, derrière le tas de bois. C'est la photo du dernier gardien à avoir habité ici, jusqu'en 1928.

Dans la lueur du feu, le visage du type de la route apparaît. Ben je sais pas, ça doit être son père, ou son grand-père.

Quand même je dis, c'est la nuit des révélations, et on reprend notre silence tout chaud jusqu'au petit matin, jusqu'à ce que Tony nous dérange en faisant renter le jour, le froid et le bruit.

Plein de mercis

À Lola tout d'abord, qui a lentement mis en route ce roman avec son petit poème.

À Danielle, à toutes les filles nées dans un corps de garçon.

À son frère Stéphan.

À tous les enfants et adolescents qui prennent, ont pris, ou prendront la navette, en particulier à Lola encore, à Paul, Sylvère, Hugo et Jasmin. À tous les petits loups des plateaux.

Aux conducteurs et conductrices des navettes scolaires en altitude et aux déneigeurs concernés, nocturnes et diurnes.

Aux Vertacomicoriens, à Stéphane le cordiste, à ceux du Truc, à Michel pour sa lettre au procureur, à ceux de Greenpeace, du Bard et des Mondins.

Aux habitants du plateau ardéchois, à tous les padgels, néo ou pas, à ceux de La Tauleigne, de Verden, à ceux de La Rajasse, et surtout à Christian, à ses louveteaux.

Aux professeurs des écoles et des collèges du Vercors Sud et de la Haute Ardèche, à Daniel (celui des vaches bleues et de la deux-chevaux), à Marie-Paule, à Mallaury. À Monique, ancienne institutrice de Bertoire, même si là je triche avec l'altimètre.

Aux parents d'élèves, spécialement Stéphane.

Aux gardiens du lac d'Issarlès.

Au doryphore de Jean-Philippe.

Ce n'est pas un merci, mais ce roman (re)vient aussi du souvenir, de la douleur et de l'énigme de Misty.

TABLE

Achevé d'imprimer en septembre 2007
dans les ateliers de Normandie Roto Impression s.a.s.
à Lonrai (Orne)

N° d'éditeur : 1970
N° d'édition : 155801
N° d'imprimeur : 07-2693
Dépôt légal : septembre 2007

Imprimé en France